Deseo

La amante del francés

BARBARA DUNLOP

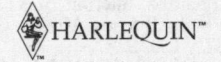

HARLEQUIN

Editado por HARLEQUIN IBÉRICA, S.A.
Núñez de Balboa, 56
28001 Madrid

© 2009 Harlequin Books S.A. Todos los derechos reservados.
LA AMANTE DEL FRANCÉS, N.º 51 - 17.3.10
Título original: Transformed into the Frenchman's Mistress
Publicada originalmente por Silhouette® Books.

Todos los derechos están reservados incluidos los de reproducción, total o parcial. Esta edición ha sido publicada con permiso de Harlequin Enterprises II BV.
Todos los personajes de este libro son ficticios. Cualquier parecido con alguna persona, viva o muerta, es pura coincidencia.
® Harlequin, Harlequin Deseo y logotipo Harlequin son marcas registradas por Harlequin Books S.A.
® y ™ son marcas registradas por Harlequin Enterprises Limited y sus filiales, utilizadas con licencia. Las marcas que lleven ® están registradas en la Oficina Española de Patentes y Marcas y en otros países.

I.S.B.N.: 978-84-671-7857-9
Depósito legal: B-1401-2010
Editor responsable: Luis Pugni
Preimpresión y fotomecánica: M.T. Color & Diseño, S.L.
C/ Colquide, 6 portal 2 - 3º H. 28230 Las Rozas (Madrid)
Impresión y encuadernación: LITOGRAFÍA ROSÉS, S.A.
C/ Energía, 11. 08850 Gavá (Barcelona)
Fecha impresion para Argentina: 13.9.10
Distribuidor exclusivo para España: LOGISTA
Distribuidor para México: CODIPLYRSA
Distribuidores para Argentina: interior, BERTRAN, S.A.C. Vélez Sársfield, 1950. Cap. Fed./ Buenos Aires y Gran Buenos Aires, VACCARO SÁNCHEZ y Cía, S.A.
Distribuidor para Chile: DISTRIBUIDORA ALFA, S.A.

Capítulo Uno

Sin aliento y ligeramente aturdida por culpa del jet lag, Charlotte Hudson por fin estaba en Francia. Una llamada de su hermano Jack la había obligado a interrumpir el viaje que hacía en compañía de su abuelo, el embajador Edmond Cassettes.

El contingente diplomático estaba de visita en Nueva Orleans y, tanto el gobernador como varios senadores, pasando por todos los alcaldes de Louisiana con ganas de hacer negocio en Monte Allegro, se deshacían en atenciones hacia ellos.

Pero Charlotte había tenido que tomar un vuelo rumbo a la Provenza y allí estaba, a punto de llegar a la mansión de la familia Montcalm con un favor que pedir. Raine, su amiga de la universidad, se iba a llevar una gran sorpresa, pero ella contaba con sus ganas de ayudar para conseguir el favor.

Era la primera vez que su hermano, o cualquier otro miembro de la parte Hudson de la familia, la incluía en el negocio cinematográfico de Hudson Pictures. Y ella quería impresionarlos a toda costa.

Sus abuelos la habían criado en Europa, mientras que Jack había crecido al otro lado del océano, en Hollywood, y aunque sí había tenido alguna que otra ocasión de conocer a miembros de la célebre dinastía del celuloide, ellos siempre habían demostrado ser una estirpe selecta y unida, un club cerrado y hermético en el que una forastera como ella no tenía nada que hacer.

Pero la matriarca del clan, Lillian Hudson, estaba muy enferma, y se había empeñado en llevar su hermosa historia de amor a la gran pantalla; un proyecto que había entusiasmado mucho a todos los miembros de la familia.

La mansión Montcalm había sido el lugar elegido para el rodaje.

Charlotte respiró profundamente, se alisó la ropa y se dirigió hacia la puerta principal de la majestuosa casa de piedra de tres plantas. Las enormes puertas de nogal resultaban intimidantes.

Aquella mansión era de otra época. Un fiero señor de la guerra la había tomado durante la batalla y desde entonces había pertenecido a la familia Montcalm, que ya llevaba más de doce generaciones en ella.

Charlotte se armó de valor y llamó al timbre. Un elegante mayordomo abrió la puerta de par en par y la miró con un gesto impasible, formal y cortés.

—*Bonjour, madame.*

–*Bonjour*. Quisiera ver a Raine Montcalm, por favor.

El hombre se detuvo un instante para observarla mejor.

–¿Ella la espera?

Charlotte negó con la cabeza.

–Soy Charlotte Hudson. Raine y yo somos amigas. Estudiamos juntas en Oxford.

–La señorita Montcalm no puede atenderla ahora.

–Pero…

–Le pido disculpas.

–¿Podría decirle que estoy aquí por lo menos?

–La señorita no se encuentra en la casa en este momento.

Charlotte empezó a sospechar que intentaba deshacerse de ella deliberadamente.

–¿De verdad que no está aquí?

El sirviente guardó silencio, pero la expresión de su rostro se volvió aún más formal y áspera.

–Le agradecería que le dijera que… –empezó a decir Charlotte.

–¿Algún problema, Henri? –dijo una voz masculina y grave que a Charlotte le resultaba peligrosamente familiar.

–*Non, monsieur*.

Charlotte retrocedió sobre sus propios pasos al tiempo que un hombre apuesto y aristocrático aparecía en el umbral de la puerta, desplazando al mayordomo.

Se suponía que el hermano de Raine estaba en Londres. Ella misma había visto las fotos publicadas en los tabloides del día anterior y en todas ellas Alec Montcalm parecía pasárselo muy bien mientras bailaba en un exclusivo local de moda de la ciudad.

–Me temo que Raine ha tenido que salir por... –se repente se detuvo y una sonrisa feroz se dibujó en sus labios–. Charlotte Hudson.

Ella guardó silencio.

–Gracias, Henri –respondió él, sin dejar de mirarla.

Cuando el mayordomo se retiró, Alec se recostó contra el marco de la puerta con gesto indolente.

–Me parece que nunca nos han presentado formalmente –dijo ella, extendiendo la mano con una sonrisa fugaz.

Por lo menos eso no era mentira. Se habían visto sólo una vez, pero aquel encuentro no había tenido nada de formal.

Charlotte tenía que fingir que lo había olvidado todo. No podía hacer otra cosa.

–Oh, creo que sí nos han presentado, señorita Hudson –su mano cálida y firme se cerró sobre la de ella.

Un escalofrío recorrió la espalda de Charlotte.

–Fue hace tres años –añadió él, ladeando la cabeza con un gesto desafiante y mirándola con intensidad.

Charlotte guardó la compostura y levantó una ceja, como si no se acordara.

—El Ottobrate Ballo, en Roma —dijo él, prosiguiendo—. Le pedí que bailara conmigo.

En realidad había hecho algo más que pedirle que bailara con él. Aquel hombre había estado a punto de arruinar toda su carrera en cinco minutos.

Roma había sido uno de los primeros destinos que le habían sido asignados como asistente ejecutiva de su abuelo. Conseguir ese puesto había sido un gran paso para ella y se había pasado toda la noche en un estado de nervios, ansiosa por hacerlo bien.

La sonrisa de Alec creció al ver la expresión de su rostro.

—Yo lo recuerdo muy bien —afirmó.

—Yo no... —dijo Charlotte, sin terminar la frase.

—Claro que sí —dijo él, sabiendo que tenía razón—. Y te gustó.

Charlotte no podía negar la realidad. Alec tenía razón.

—Pero entonces llegó el embajador Cassettes —añadió él.

Por suerte, su abuelo había llegado en el momento justo.

—¿Charlotte?

Ella fingió haberse acordado en ese preciso momento.

—Intentó darme la llave de su habitación —le dijo con el ceño fruncido y el gesto serio.

—Y tú la aceptaste.

—No sabía lo que era.

Entonces sólo tenía veintidós años. No era más que una novata en el mundo de la diplomacia, una presa fácil para un tipo como Alec Montcalm.

Él se echó a reír y Charlotte lo fulminó con la mirada.

—Esa noche estabas preciosa –dijo él, mirándola de arriba abajo.

Charlotte no pudo ocultar lo insultada que se sentía.

—Tenía veintidós años.

Él se encogió de hombros.

—No tenías por qué tomar la llave.

—Estaba confusa.

En realidad le había llevado algunos segundos darse cuenta de que la tarjeta que le había entregado era la llave de su habitación.

—Creo que te sentiste tentada.

La prudencia le decía que guardara silencio, pero sus sentimientos la instaban a hacer lo contrario.

—Te había conocido dos minutos antes.

Otras mujeres podrían haberse sentido tentadas por un aristócrata elegante y seductor al que el dinero le salía por las orejas, pero ella nunca había estado interesada en mantener una aventura.

—Yo llevaba mucho más de dos minutos observándote.

Se acercó un poco más.

–Eras atractiva, parecías inteligente e interesante y, además, por cómo hacías reír a todos esos hombres, supe que tenías sentido del humor.

–¿Y a ti te pareció divertido darme la llave de tu habitación?

Aquellos ojos de color miel que la atravesaban de un lado a otro se volvieron del color del chocolate.

–En absoluto. El baile casi tocaba a su fin. Quería conocerte mejor.

Charlotte se quedó estupefacta. Por muy joven e inocente que fuera, jamás habría desprestigiado a su abuelo ni a la embajada marchándose con un desconocido aquel día. Y mucho menos tratándose de Alec Montcalm, el soltero con peor reputación de toda Francia.

–¿Ni siquiera se te pasó por la cabeza invitarme a un café?

–No soy un hombre paciente… –hizo una pausa.

Charlotte tuvo tiempo de fijarse en el frunce desafiante de sus labios, y también en el gesto implacable de su aristocrática mandíbula.

–A veces el método más directo es el más efectivo.

–¿Me estás diciendo que lo de la llave de la habitación suele funcionar? –preguntó Charlotte, sabiendo que en realidad no debía sorprenderse tanto.

Charlotte sabía que había miles de mujeres dispuestas a todo por meterse en la cama de Alec Montcalm, pero ella no era una de ellas. Y nunca lo sería.

La sonrisa aviesa de Alec confirmó sus peores sospechas. Sin embargo, en un par de segundos pareció cansarse de todo ese juego. Se puso erguido y su expresión se volvió más formal y protocolaria.

–En ausencia de mi hermana, ¿qué puedo hacer por ti, señorita Hudson?

Charlotte recordó enseguida el motivo de su visita.

–¿Cuándo regresa Raine? –le preguntó.

Había cometido un gran error discutiendo con él. Tenía claro que no podía volver a dejarse llevar por sus emociones delante de un tipo como él.

–El martes por la mañana. Tuvo que asistir a una sesión de fotos en Malta para *Intérêt*.

Charlotte sabía que ésa era la revista de moda de la corporación Montcalm y Raine era su editora jefe.

Pero el martes era demasiado tarde. Jack necesitaba saber ese fin de semana si podía mandar al encargado de localizaciones de rodaje a Château Montcalm. La preparación de decorados debía empezar al final del verano, y ya iban con retraso.

Charlotte pensó que podía volar a Malta para hablar con Raine, pero también sabía que la revista no estaría dispuesta a prescindir de su editora jefe a menos que hubiera un problema. Además, tampoco quería molestar a su amiga en un momento de ajetreo.

Y eso sólo le dejaba una alternativa llamada Alec Montcalm.

Albergaba la esperanza de no tener que pedírselo directamente, pero tampoco estaba en posición de escoger.

–Me gustaría comentarte algo –le dijo, respirando profundamente.

Los ojos de Alec brillaron repentinamente y en sus labios se dibujó una cínica sonrisa.

–Entra –le dijo, invitándola a pasar con un gesto.

Ella titubeó un momento y entonces entró en el recibidor.

–Esta noche vamos a disfrutar de una cena informal –le dijo–. *La pissaladière*. Y traeré una botella de Montcalm Maison Inouï de 1996 de la bodega.

–No se trata de esa clase de reunión –le advirtió Charlotte, dándose la vuelta para mirarle de frente.

Los exquisitos caldos de los viñedos Montcalm no la harían caer en su cama.

–Estás en la Provenza. Aquí todas las reuniones son así.

Charlotte parpadeó para adaptar la vista a la luz del interior.

–Esto son negocios.

–Entiendo –dijo él, sin cambiar la expresión de la cara.
–¿En serio?
–*Absolument*.

Charlotte no le creyó ni por un instante. Sin embargo, no tenía otra elección sino quedarse a la cena. Jack necesitaba conseguir esa localización para el rodaje y ella necesitaba probar su valía ante los Hudson.

No podía dejar escapar la oportunidad.

Alec también tenía otra oportunidad. Después de tres largos años la hermosa mujer que había conocido aquel día en la pista de baile estaba en la cocina de su propia casa, más radiante que nunca. Si hubiera sabido que la amiga de Charlotte y aquella misteriosa joven eran la misma persona, habría propiciado el encuentro muchísimo antes. Pero era bueno tener paciencia.

Mientras contemplaba sus ojos azul transparente y su piel de porcelana, se alegró de haber esperado tanto.

Oscuras pestañas, labios turgentes y un cuello delicado y estilizado que lucía un pequeño diamante que hablaba de distinción y no de vulgar ostentación. La falda del traje se le ceñía como un guante y realzaba la curva de su diminuta cintura, sus caderas y aquellas piernas interminables y sensuales.

Alec descorchó la botella de vino. Maison Inouï era el sello enológico de la familia y las ocasiones especiales, como ésa, merecían las mejores cosechas.

Buscó en una estantería superior y sacó un par de copas de vino.

Después de mirar a su alrededor con curiosidad, Charlotte se detuvo en medio de la habitación.

Él le señaló uno de los taburetes sin respaldo que estaban al otro lado de la barra americana.

—Siéntate.

Charlotte vaciló un instante y entonces se sentó.

Él le puso una copa de vino sobre la mesa.

—Gracias —dijo ella.

Alec recordaba muy bien aquella expresión enigmática; un escudo de formalidad bajo el que debía de ocultarse una rebelde luchadora que se revolvía bajo las ataduras del decoro. Había intentado poner a prueba la teoría aquel día en Roma, pero el viejo embajador le había parado los pies y no había tenido más remedio que olvidar la decepción que se había llevado en los brazos de otras mujeres, que iban y venían rápidamente como pajarillos en un día de primavera.

Levantó la copa de vino y bebió un pequeño sorbo, deleitándose con el profundo sabor añejo del mejor caldo francés.

A veces un hombre conseguía una segunda oportunidad y ésa era la suya.

El vino estaba delicioso, así que rellenó la copa.

Charlotte probó el suyo y su mirada no dejó lugar a dudas.

—Muy bueno —le dijo con respeto.

—Es de nuestros viñedos de Burdeos.

—Impresionante.

Él sonrió.

—*La pissaladière* —dijo, sacando un bol de metal de debajo de la encimera. Buscó harina, levadura, azúcar y aceite de oliva.

Charlotte le observó con asombro.

—¿Sabes cocinar?

—Por supuesto —echó algo de azúcar en el bol, añadió la levadura y un poquito de agua.

—¿Tú te haces tu propia comida? —preguntó Charlotte, visiblemente sorprendida.

—A veces —señaló la copa de ella—. Disfruta. Relájate. ¿De qué querías hablarme?

Aquella invitación la hizo volver a la realidad. Bebió un poco más de vino.

Intenso, interesante...

—Es un vino exquisito —comentó.

—Aplaudo tu buen gusto, *mademoiselle* —le dijo él con franqueza. Entonces sacó una pesada sartén y echó aceite de oliva en el fondo.

—¿Llevas mucho tiempo viviendo aquí? —preguntó ella, mirando fijamente su propia copa de vino y acariciando el borde con la punta del dedo.

Él la observó un instante.

–Nací aquí.

–¿En la Provenza o en esta casa?

–En el hospital de Castres.

–Oh –dijo Charlotte y guardó silencio.

–¿Es eso lo que querías preguntarme?

–No exactamente –se mordió el labio inferior–. Mi familia… los Hudson… hacen películas.

–¡No me digas! –exclamó él en un tono irónico.

–En América son muy famosos, pero no estaba segura de que aquí…

–Eres demasiado modesta.

–No es que haya tenido nada que ver con eso –se echó el pelo hacia atrás sin dejar de mirar la copa de vino–. Están haciendo una nueva película.

–¿Una sola?

Charlotte levantó la vista.

–Una muy especial.

–Ya veo.

–Yo no… –miró a su alrededor.

Alec dejó a un lado el cuchillo.

–¿Es más fácil dando tantos rodeos?

–Yo no… –Charlotte lo miró a los ojos y suspiró–. En realidad, esperaba poder hablar con Raine.

–Siento que no hayas podido.

–No tanto como yo –Charlotte se dio cuenta de lo que había dicho e intentó rectificar–. No quería decir eso.

Alec podría haberse echado a reír en su cara de no haberla visto tan seria.

—Entiendo —dijo finalmente—. ¿Es que has roto con tu novio? —le preguntó en un tono ligero.

—No. No es eso.

—¿Tengo alguna posibilidad de adivinarlo?

Charlotte esbozó una media sonrisa y sacudió la cabeza.

Alec agarró el cuchillo y empezó a cortar una cebolla.

—¿Entonces qué es?

Charlotte vaciló un momento y entonces se decidió a hablar.

—Muy bien… —puso las manos sobre la encimera—. Los Hudson quieren usar tu mansión como emplazamiento para un rodaje —apretó la mandíbula y esperó a oír su reacción.

Alec se quedó perplejo. ¿Acaso era una broma? ¿Se había vuelto loca?

Él llevaba años evadiendo a la prensa y lo último que necesitaba era tener a un equipo de rodaje en su casa.

Levantó los pedacitos de cebolla con la hoja del cuchillo y los echó en el aceite caliente.

Charlotte esperaba algo de resistencia. Sabía que Alec no diría que sí de inmediato, así que se preparó para intentar convencerlo.

—Se trata de la película sobre la gran historia

de amor de mis abuelos –le dijo, intentando obtener su consentimiento–. Se conocieron en Francia, durante la Primera Guerra Mundial.

Alec guardó silencio.

–Hudson Pictures va a poner todos sus recursos en esta película –añadió Charlotte.

Alec levantó la espátula y removió la cebolla dentro de la sartén.

–Mi abuela era artista de cabaret y se casaron en secreto delante de las mismas narices de los alemanes.

Alec levantó la vista.

–¿Y eso qué tiene que ver?

–Cece Cassidy va a estar en el proyecto. Seguramente le den un premio por el guion.

–Como si el guionista fuera un problema.

–¿Es por el dinero? –preguntó Charlotte–. Te recompensarían generosamente por las molestias. Y lo dejarían todo exactamente como lo encontraron. No tendrías que…

–No me apetece que mi casa se convierta en un decorado.

–No necesitarían la casa completa –Charlotte trató de buscar más argumentos a su favor–. Podrías continuar viviendo aquí. Jack me mandó el primer borrador del guion. Necesitarían la cocina, el salón principal, una de las bibliotecas y un par de habitaciones. Oh, y los terrenos de la finca, por supuesto. Y a lo mejor también necesiten el porche de atrás para una de las escenas.

–¿Y eso es todo? –le preguntó Alec en un tono sarcástico.

–Creo que sí –respondió ella, intentando no darse por aludida.

–¿No necesitarían acceso a mi estudio privado? ¿O a mi cuarto de baño? –su tono de voz se hacía más y más estridente a cada momento–. O a lo mejor también tienen que echar un vistazo en…

–Podrías designar algunas áreas prohibidas –sugirió ella–. O incluso podrías quedarte en alguna de tus otras casas mientras dura el rodaje.

Los ojos de Alec se oscurecieron.

–¿Y dejar que esos gamberros de Hollywood acampen a sus anchas en mi casa? –le dijo, blandiendo la espátula como si se tratara de un cuchillo.

–No es que sean muchos.

Era cierto que algunas estrellas tenían mala reputación, pero los productores de Hudson Pictures eran muy profesionales. Y Raine era su amiga. Ella nunca le habría llenado la casa de fiesteros empedernidos.

–Yo no he dicho que lo fueran.

–¿Y entonces cuál es el problema?

–¿Tienes idea de lo mucho que me cuesta conseguir algo de privacidad?

–Bueno, quizá si no… –Charlotte se detuvo de inmediato.

–¿Sí? –dijo él, instándola a proseguir.

–Nada –Charlotte sacudió la cabeza. No tenía por qué insultarle. Las cosas ya iban bastante mal por sí solas.

–Insisto –dijo él, ladeando la cabeza y mirándola con gesto desafiante.

–Podríamos reflejar todos los requisitos de privacidad en el contrato –trató de distraerle–. No tendrías nada de qué preocuparte.

–Yo decido lo que me preocupa y lo que no. ¿Y qué era lo que ibas a decir antes?

Charlotte lo miró a los ojos y se dejó atravesar por su implacable mirada.

–Creo que se me ha olvidado.

Él siguió esperando.

Ella trató de buscar una buena mentira, pero no fue capaz de encontrarla. La batalla estaba perdida, así que ya no tenía por qué aguantarle más.

–A lo mejor las cosas serían distintas si no te esforzaras tanto en ser un atractivo objetivo para los paparazzi.

Alec se quedó en silencio unos segundos antes de decir:

–¿Acaso sugieres que es culpa mía?

–No tienes por qué acudir a todas las fiestas de moda acompañado de supermodelos.

La mirada de Alec se volvió negra como el azabache.

–¿Acaso crees que hablarían menos si fuera acompañado de una chica corriente? Al contrario, una chica cualquiera me garantizaría todas las portadas de las revistas del corazón.

Charlotte no pudo sino reconocer que tenía razón. Si lo veían con alguien diferente, alguien que no encajara en ese mundo, se le echarían encima como fieras.

Sin embargo, no había entendido lo que ella había querido decirle.

—Podrías dejar de ir a las fiestas.

—No voy a tantas como crees.

Charlotte estuvo a punto de echarse a reír con escepticismo.

Él frunció el ceño.

—¿A cuántas fuiste tú el mes pasado? ¿La semana pasada? ¿Has perdido la cuenta?

—Eso es diferente —dijo ella—. Yo estaba haciendo negocios.

Alec le dio otra vuelta a la cebolla y bajó el fuego.

—¿Y qué crees que hago yo en las fiestas? —se lavó las manos mientras le daba tiempo para pensar la respuesta y entonces sacó una bolsa de tomates maduros.

Charlotte no sabía si se trataba de una pregunta trampa.

—¿Bailar con supermodelos? —dijo finalmente, optando por lo más obvio.

—Cierro contratos de negocios.

—¿Con las supermodelos?

Alec cortó un tomate en rodajas.

—¿Preferirías que bailara con las citas de otros hombres?

—¿Intentas decirme que te ves obligado a soportar las atenciones de las supermodelos con el fin de cerrar tratos de negocios?

–Lo que trato de decir es que me gusta conservar mi privacidad, y tú no deberías hacer juicios respecto a la forma de vida de otras personas.

–Alec, tú te dedicas a repartir tarjetas llave en la pista de baile.

Él dejó de cortar y Charlotte se puso erguida, sin siquiera molestarse en ocultar la satisfacción que sentía.

–Me parece que ahí te he pillado.

–¿En serio? –siguió cortando el tomate–. Bueno, a mí me parece que no vas a hacer una película en mi casa.

Capítulo Dos

Alec había ganado la primera ronda, pero el combate no estaba perdido.

Las luces destellantes de las velas del jardín resaltaban los ángulos y contornos de su rostro robusto y la brisa de la tarde llevaba consigo el aroma a lavanda y a tomillo. Iban a cenar en la terraza y la suculenta cena que Alec había preparado humeaba frente a ellos encima de una mesa redonda de cristal.

«Segunda ronda», pensó Charlotte.

–Podrías ocultar todas las cosas personales –dijo ella de modo casual mientras se servía un poco de pastel de tomate–. Incluso podrías mantenerte aparte, ilocalizable. Dudo mucho que los miembros del equipo sepan que se trata de tu casa.

–Por favor –dijo él, quitándole el cucharón de plata de las manos–. Hay un enorme cartel encima de la puerta que dice *Château Montcalm*.

–Entiendo.

–Mi nombre está tallado en una piedra que tiene más de quinientos años.

–Pero no creo que seas el único Montcalm en toda la Provenza.

–Pero yo soy el único que sale en las portadas –dijo, sirviéndose dos raciones.

–Creo que sobreestimas tu fama.

–Y yo creo que tu sobreestimas tus poderes de persuasión.

–¿Más vino? –preguntó ella, esbozando su mejor sonrisa, aquélla que tanto le gustaba al asesor de imagen de su abuelo.

Le llenó la copa.

–No funcionará, Charlotte –dijo él, observando cómo caía el fino líquido de color burdeos en la copa.

–¿Qué es lo que no funcionará?

–Yo nací en Maison Inouï.

Ella se hizo la inocente.

–¿Crees que intento emborracharte?

–Creo que estás demasiado obsesionada con mi casa –puso a un lado la botella para verla mejor–. Hay muchas otras mansiones glamurosas por aquí.

Charlotte trató de guardar la profesionalidad.

–Pero la tuya es perfecta para la historia –le dijo con sinceridad, mirando a su alrededor–. La familia piensa que…

–Tú ni siquiera estás involucrada en el negocio.

Charlotte se irguió.

–Yo soy una de los Hudson –le dijo, luchando una vez más contra aquella vieja sensación de soledad.

Sus abuelos le habían dado una vida de ensueño, y si echaba de menos a su hermano Jack por las noches, era porque los habían separado cuando eran muy pequeños.

–¿Charlotte?

La joven parpadeó.

–Hay muchas casas así en la Provenza –insistió Alec.

–Él... Ellos quieren ésta.

–¿Él?

–Los productores –se apresuró a añadir, para no mencionar expresamente a Jack.

–¿Tienes algún problema con los productores?

–No.

Alec la miró en silencio. El viento empezó a soplar con más fuerza y los tallos de lavanda comenzaron a volar a su alrededor.

–¿Qué? –preguntó ella finalmente, haciendo un esfuerzo por no flaquear.

Él levantó su copa.

–Lo deseas con mucha fuerza.

Ella soltó el aliento.

–No sé por qué tiene que ser tan complicado. ¿Qué es lo que quieres? ¿Qué podemos hacer para compensarte? ¿Cómo podemos convencerte para que renuncies a tu preciada privacidad durante seis semanas?

Él bebió un sorbo de vino sin dejar de mirarla intensamente.

–Hay una cosa que quiero –le dijo, dejando

la copa sobre la mesa y deslizando un dedo por el borde.

–No voy a acostarme contigo para conseguir el emplazamiento del rodaje.

Alec ladeó la cabeza y se echó a reír.

–No te estoy pidiendo que te acuestes conmigo.

Charlotte bebió un generoso sorbo de vino y trató de no sonrojarse.

–Bueno, bien. Eso es bueno.

Él sonrió.

–Aunque no diría que no si tú... –empezó a decir.

–Cállate.

Alec obedeció y Charlotte siguió esperando a que le dijera qué quería.

–Bien. ¿De qué se trata?

–¡Charlotte! –la voz de Raine llegó hasta ellos y un segundo más tarde la joven irrumpió en la terraza–. ¿Por qué no me dijiste que venías? –le preguntó, soltando el bolso y el equipaje en el suelo.

Llevaba un ceñido vestido negro con medias negras y sus vertiginosos tacones repiqueteaban sobre el porche de piedra.

–Fue un viaje repentino –respondió Charlotte, poniéndose en pie.

Alec hizo lo mismo.

–Pero yo pensaba que no regresabas hasta el martes –continuó Charlotte.

Había cometido un gran error hablando con

Alec. Sin tan sólo hubiera esperado un par de horas...

–Hablé con Henri. Él me dijo que estabas aquí.

Las jóvenes se dieron un efusivo abrazo y Raine se echó a reír.

–*Bon soir, ma soeur* –dijo Alec cuando por fin se separaron.

Raine levantó la vista y fingió haberse llevado una sorpresa.

–Alec, no te había visto.

Él sacudió la cabeza y, sonriendo, le abrió los brazos.

Raine le dio un cariñoso abrazo y un beso en cada mejilla.

Mientras los observaba Charlotte sintió algo de envidia. Ella también habría querido llevarse tan bien con su propio hermano.

–Bueno... –dijo Raine, sentándose a la mesa–. ¿Qué vamos a cenar? –preguntó, oliendo los manjares. Levantó la botella de vino y, al ver la etiqueta, frunció el ceño–. Muy bien.

–Yo sé cómo ser un buen anfitrión, no como tú –dijo Alec.

–Ni siquiera sabía que venía –Raine inclinó la botella hasta ponerla boca abajo–. Está vacía.

Alec buscó otra botella mientras su hermana se servía un poco del pastel de tomate.

–¿Y de qué estábamos hablando? –preguntó, mirando a uno y a otro.

Alec empezó a taladrar el corcho de la botella con destreza.

–Charlotte quiere usar la casa como decorado para una película.

La joven se encogió al oír la brusquedad de sus palabras. Sin embargo, Raine pareció intrigada.

–¿En serio?

Charlotte asintió.

–Eso es fantástico.

–Yo no había dicho todavía que sí –le advirtió Alec.

–¿Y por qué no?

El corcho saltó de una vez.

–Porque nos interrumpiste.

–Pero ibas a hacerlo –dijo Raine.

–Estaba a punto de cerrar un trato… Iba a decir que sí…

Raine entrelazó las manos, expectante y contenta.

–… Siempre y cuando no puedan subir a la tercera planta ni entrar al ala sur.

–Hecho –dijo Charlotte, ofreciéndole la mano rápidamente.

–Y nadie entrará en el jardín de rosas –dijo Alec, prosiguiendo sin estrecharle la mano.

Ella asintió vigorosamente.

–Ni en ninguna de las otras edificaciones del exterior. Los tiros cesarán todas las noches a las diez, y mis empleados no son parte del equipo de producción. Además, tú te quedarás aquí y te asegurarás de hacer que se cumplan las condiciones.

—Desde lue… —Charlotte cerró la boca antes de terminar—. ¿Qué? —le preguntó al oír lo último que había dicho.

—No quiero que mis empleados tengan que hacer tareas que no les corresponden.

—No me refería a eso.

—Es perfecto —dijo Raine, agarrando a Charlotte del brazo con entusiasmo—. Podremos salir juntas como si volviéramos a estar en la universidad.

—No puedo trasladarme aquí —replicó Charlotte—. Tengo un trabajo en Monte Allegro. Mi abuelo me necesita. Hay una cumbre en Atenas el veinticinco de este mes.

Alec la atravesó con la mirada.

—¿Entonces sí estás dispuesta a causarme molestias, pero no a causártelas a ti misma? —le preguntó él en un tono sarcástico.

—Yo no… —le miró a los ojos.

Él arqueó una ceja.

El instinto de Charlotte le decía que era el momento de aceptar antes de que se arrepintiera, pero… ¿De verdad estaba preparada para pasar semanas en aquella casa, con él?

En ese momento se acordó de aquel día, cuando le había dado la llave de la habitación. Durante una alocada fracción de segundo se había sentido tentada de aceptarla. Pero las cosas habían cambiado mucho desde entonces. Tenía unos cuantos años más y sabía muy bien lo importante que era llevar una vida discreta, lejos de las portadas de las revistas del corazón.

No obstante, aquel viejo estremecimiento había vuelto con fuerza, y él lo sabía.

—Me quedo —dijo finalmente, recordando lo mucho que deseaba demostrarles su valía a los Hudson.

Por una vez sería parte del equipo.

Raine se deshizo en exclamaciones de alegría.

Alec agarró la copa de vino y brindó para sellar el trato. Su mirada, soberbia y arrogante, hablaba de un desafío que no había hecho más que empezar.

—No te dejarán vivir en paz —afirmó Kiefer mientras preparaba su bicicleta para el descenso.

—Es amiga de Raine —dijo Alec, pedaleando con más fuerza.

Estaban en un camino rural que serpenteaba alrededor de la cordillera junto a la que se hallaba la finca Montcalm. Las ruedas de la bicicleta temblaban bajo los pies de Alec y el sudor empezaba a empaparle el cabello.

—¿En serio? —dijo Kiefer—. Es una película de Hollywood. Habrá prensa por todos lados. Ya sabes cómo van a reaccionar los japoneses.

El sol empezaba a asomar por el horizonte,

iluminando el río y las praderas y bosques cercanos.

—Todo está bajo control —afirmó Alec sin estar del todo convencido.

Se sentía muy atraído por Charlotte, y había dejado que esa atracción le nublara el sentido. ¿Cómo había podido consentir que rodaran una película en el salón de su casa?

Kiefer, que era el vicepresidente de su empresa, tenía toda la razón. La semana anterior se habían reunido con un asesor de imagen muy cotizado y entonces se había comprometido a llevar una vida social más discreta.

—Kana Hanako quiere un socio, no un playboy.

—Es un trato de negocios —dijo Alec, bebiendo un poco de agua de la botella—. Sólo van a alquilar la mansión.

—¿Y quién es la estrella?

—Isabella Hudson. No la conozco de nada.

Al oír el nombre, Kiefer se quedó boquiabierto.

—¡Isabella Hudson!

—Es parte de la familia, ¿no?

—¿Vas a tener a Isabella Hudson hospedada en tu casa? Dios mío, Alec. Incluso la prensa rosa japonesa hablará de tu romance con Isabella Hudson.

—Yo no tengo intención de acercarme a ella. No tendrán nada a lo que agarrarse, ni fotos ni nada.

Pero Kiefer ya no le estaba escuchando, sino que trataba de buscar una solución.

–Tendrás que quedarte en otro sitio.

–No.

–Márchate a Roma. Mucho mejor, vete a Tokio y así podrás trabajar en el prototipo con Akiko.

–No me necesitan en el taller de bicicletas.

–Tienes que salir de la Provenza.

Al subir una cuesta Alec aumentó el ritmo de la marcha, encauzando toda su frustración hacia la fuerza de los músculos.

–Me voy a quedar en mi casa –le dijo a Kiefer, acelerando.

–Entonces necesitamos una estrategia de despiste –propuso Kiefer, quedándose atrás.

–¡A ver si te despistas con esto! –exclamó Alec, haciéndole un gesto descortés con la mano.

–Que la prensa no te pille haciendo eso –le dijo Kiefer, alcanzándolo–. ¿Por qué no te casas?

Alec miró al cielo.

–¿Y no podrías por lo menos buscarte una novia? –continuó Kiefer–. No para siempre, sólo mientras Isabella esté por aquí. Una chica normal, corriente, que no te meta en líos.

Al oír las palabras de Kiefer, Alec se dio cuenta de que había perdido una gran oportunidad.

–Maldita sea.

–¿Qué? –preguntó Kiefer, mirando a uno y otro lado.

Alec guardó silencio. ¿Cómo podía haber dejado escapar aquella oportunidad? Charlotte podría haber sido su novia ficticia durante todo el rodaje.

–¿Qué? –preguntó Kiefer nuevamente.

Pero ya era demasiado tarde para añadir una cláusula extra a las bases del contrato.

–Tuve oportunidad de chantajear a una chica –confesó Alec.

–¿A quién?

Alec sacudió la cabeza.

–Creo que ya es imposible.

–¿Y quién es?

–Nadie –dijo Alec.

–Eso es perfecto –replicó Kiefer con entusiasmo.

–Creo que estoy fuera de forma –Alec aminoró la marcha y giró a la derecha hacia Crystal Lake.

–Bueno, ¿pero cuál era tu forma? –preguntó Kiefer, insistente.

–Oh, no, no empieces –Alec se detuvo, bajó de la bicicleta y contempló la maravillosa vista del lago.

–¿Que no empiece qué?

–Ya sabes. Es una chica inteligente, dura y testaruda.

–Por lo menos, dame una pista –Kiefer bebió un sorbo de agua.

–En realidad, no hay ningún problema –dijo Alec–. Kana Hanako no va a renunciar a mis contactos con los del Tour de Francia. No importa lo que diga la prensa.

—Sí, pero mientras tanto me pueden hacer la vida imposible a mí. ¿Sabes cuántos gritos tengo que soportar del traductor de Takahiro?

—¿Y tú recuerdas lo mucho que te pago para que aguantes los gritos del traductor de Takahiro?

—No lo suficiente —dijo Kiefer, rezongando. Cerró la botella de agua y se pasó una mano por el cabello—. ¿De quién se trata?

Alec negó con la cabeza.

—Juro que ni siquiera le dirigiré la palabra —añadió Kiefer para convencerlo.

Alec hizo una pausa.

—Charlotte Hudson. Es una amiga de Raine.

—Ah. Podrías haberla chantajeado antes de darle permiso para filmar en la casa.

Alec asintió.

—¿No es hermana de Isabella?

—Creo que es una prima. No estoy seguro. Raine dice que Charlotte se crió con sus abuelos maternos en Europa. Su abuelo es el embajador de Estados Unidos en Monte Allegro. Ella trabaja para él.

—No parece muy peligrosa.

—Pero no hay nada que hacer. Ya me costó bastante conseguir que se quedara en la casa durante le rodaje.

Kiefer se puso alerta.

—¿Se va a quedar en la casa?

–Déjalo ya.
 –Sólo digo que...
 –No va a filtrar nada a la prensa.
 –Bueno, alguien tiene que filtrar algo. Mejor que sea ella que Isabella.
 –¿Y quién opina eso?
 –Yo.
 –Pero tú no cuentas –Alec volvió a montar y reanudó la marcha.
 Kiefer fue tras él.
 –¿Por lo menos se lo pedirás?
 –No.
 –Si dice que no, entonces es que no. Pero a lo mejor...
 –Nunca accedería.
 –¿Y cómo lo sabes?
 Alec llegó al camino de tierra y emprendió la ruta de vuelta.
 –Yo te lo explico. Charlotte Hudson es ejecutiva de la embajada y también es la asistente personal del embajador, que resulta ser su abuelo. Un tipo con mi reputación le pide que finja salir con él para calmar a la prensa. Si tú fueras Charlotte, ¿qué dirías?
 –Entiendo –admitió Kiefer.
 Pedalearon en silencio hasta lo más alto de la colina y, al llegar allí, Alec empezó a pensar en el aroma de los pasteles que el cocinero había metido en el horno justo antes de que salieran de la casa.
 –No obstante –dijo Kiefer, mientras descen-

dían la cuesta a toda velocidad–, el «no» ya lo tienes.

–No, no, no –dijo Charlotte mientras hablaba por teléfono–. No creo que sea buena idea que los sirios estén junto a Bulgaria. Ponlos junto a Canadá, o junto a los suizos.

En aquel momento, alguien le quitó el inalámbrico de las manos.

–¡Eh! –se volvió hacia Raine, que estaba recostada en la tumbona de al lado.

–Charlotte tiene que dejarte ahora, Emily –dijo Raine por el teléfono–. Se está haciendo la pedicura.

–No puedes hacer eso.

Demasiado tarde. Raine ya había colgado.

–Tiene que quedarse quieta –le dijo la esteticista mientras le hacía las uñas de los pies–. No querrá que le pinte los tobillos de pasión púrpura.

–Será mejor que la escuches –dijo Raine, apuntándola con el teléfono.

–Le has colgado a Emily.

–Llevabas media hora hablando con ella.

–Es por lo de la cena de la cumbre. No quería que situara a los sirios junto a los búlgaros.

–¿Acaso se podría desatar una guerra?

–Quizá –dijo Charlotte, mirándose los dedos de los pies.

El esmalte de uñas de color pasión púrpura

brillaba a la luz del sol. Raine le había prestado un biquini azul y juntas disfrutaban de unos momentos de relax en las tumbonas que estaban junto a la piscina de la mansión Montcalm. El césped de color esmeralda se extendía ante ellas y los frondosos cipreses y arbustos en flor les daban algo de sombra.

–No será para tanto.

–A lo mejor no, pero no puedo evadir mis responsabilidades en cualquier momento.

Esa misma mañana su abuelo le había dado permiso para tomarse un tiempo libre, pero aún así tenía que delegar en otros miembros del personal y eso implicaba dar instrucciones muy precisas.

–Yo lo hice –dijo Raine–. Cuando supe que estabas aquí, me subí al jet de la empresa de inmediato.

–¿Y crees que eso te causará problemas?

–Bueno, supongo que ya lo averiguaremos cuando la edición de octubre llegue a los quioscos, ¿no?

–En serio…

–La revista sobrevivirá, y también el embajador. Tienes que relajarte.

–No debería moverse durante la próxima media hora –le dijo la esteticista, admirando las uñas de Charlotte y levantándose de su silla.

–Gracias –dijo Charlotte, mirándose las uñas de las manos y comparándolas con las de los pies.

La manicurista de Raine le puso la última capa de laca de uñas y entonces las dos mujeres empezaron a recoger sus cosas.

Charlotte se inclinó hacia Raine para susurrarle al oído:

—¿Les dejamos una propina o algo?

—No te preocupes. Ya me he encargado de eso —dijo Raine—. ¿Te apetecen unas fresas y champán?

—Pero si ni siquiera es medio día...

—Estás de vacaciones. Y estás en la Provenza —dijo Raine, poniendo una sonrisa de oreja a oreja mientras marcaba un número rápido en el teléfono.

—A este paso, a lo mejor no me voy nunca —murmuró Charlotte, suspirando y relajándose sobre la tumbona.

Mientras Raine hablaba con el servicio de la cocina, Charlotte cerró los ojos y dejó que la brisa fresca le acariciara el rostro.

El suave murmullo de las cigarras llenaba el ambiente.

—¡Rápido! —Raine le dio un codazo—. Mira quién viene.

Charlotte parpadeó, cegada por la intensa luz del sol. Más allá del jardín que se extendía detrás de la piscina había dos hombres que avanzaban hacia ellas.

Era Alec, vestido con unas mallas de ciclista y una camiseta ceñida que realzaba sus potentes músculos.

–¿No es el tío más bueno que has visto jamás? –dijo Raine, emocionada.

–¿Qué? –preguntó Charlotte, sin entender muy bien.

–Noooo –dijo Raine, haciendo una mueca–. Kiefer. El tipo que viene con él.

–Oh –Charlotte apenas había reparado en el hombre que le acompañaba, rubio y algo más bajo de estatura.

–Es nuestro vicepresidente –le explicó Raine–. Las chicas de la oficina están locas por él.

–Y parece que tú también –dijo Charlotte, riendo a carcajadas mientras les observaba atentamente.

Era bastante alto, pero tenía una complexión más delgada que la de Alec. Su anguloso rostro y su paso firme y desenfadado no dejaban lugar a dudas. Al igual que su jefe, Kiefer debía de ser todo un rompecorazones.

–No digas ni una palabra, por favor –le pidió Raine.

–No querrás salir con un empleado –le dijo Charlotte, mirando a Alec.

–No quiero que piense que soy una de sus fans.

–¿Y eso es malo?

–Míralo –dijo Raine.

Charlotte volvió a fijarse en Kiefer. Sin duda era bastante atractivo, pero carecía del magnetismo animal que poseía el hombre que iba a su lado. Si las chicas de la oficina perdían la cabeza con facilidad, entonces debían de haberla perdido muchas veces por Alec.

Las dos chicas dejaron de hablar cuando los hombres se acercaron a ellas.

Kiefer miró a Charlotte de arriba abajo sin siquiera reparar en Raine.

–¿Y ésta es tu chica corriente? –le preguntó a Alec, claramente sorprendido.

Charlotte les lanzó una mirada fulminante.

–¿Qué?

Alec se puso tenso.

–Tranquilo, Kiefer –respiró hondo–. Charlotte, éste es mi vicepresidente, Kiefer Knight. Se le acaba de ocurrir la idea más absurda del mundo.

Capítulo Tres

Kiefer arrastró una silla y se sentó al lado de Charlotte, lejos de Raine.

–Me preocupa la reputación de Alec –dijo Kiefer en un tono de voz persuasivo y sutil.

Charlotte, que no podía dejar de pensar en la abrasadora mirada de Alec, trató de concentrarse en las palabras de Kiefer.

–Tengo entendido que Isabella Hudson será la protagonista.

–Es la película de mi familia –dijo Charlotte.

–Si están juntos aquí, los rumores se extenderán como la pólvora.

Charlotte miró a Alec, que seguía de pie junto a su tumbona, mirándola fijamente.

–¿Tienes algo con Bella? –le preguntó.

–Te veo venir, Kiefer –dijo Alec.

Kiefer levantó las manos en señal de rendición.

–De acuerdo, Alec. Tranquilo.

–Kiefer quiere que finjas ser mi novia para acallar los rumores sobre Isabella y yo.

Charlotte trató de entender lo que acababa de decir.

–¿Estás saliendo con Bella?

—No estoy saliendo con Isabella –le dijo en un tono de exasperación.

—Pero ella es muy famosa. Y además es preciosa. La prensa se inventará sus propios titulares.

Charlotte por fin comprendió lo que estaba ocurriendo. Querían arrojarla a los lobos para salvaguardar la reputación de Alec.

«Como si hubiera algo que salvaguardar», pensó.

—¿Esto es una broma?

—Por desgracia, Kiefer lo dice muy en serio –dijo Alec.

—Él ha sido muy amable dejándote usar la casa –le recordó Kiefer.

—Bueno, te diré lo que pienso –dijo Charlotte en un tono cortante–. Si Alec deja en paz a Isabella, entonces no habrá necesidad de montar un numerito con la chica de turno.

—No tengo intención de molestar a Isabella –afirmó Alec, alzando la voz.

Charlotte lo miró fugazmente y se volvió hacia Kiefer.

—Problema resuelto.

—La prensa sensacionalista no se contenta con la verdad.

—Y por lo visto, tú tampoco –dijo Charlotte.

—¿Ha pensado alguien en la reputación de Charlotte? –preguntó Raine.

—Charlotte ha pensado en ello –dijo Charlotte.

—Él podría haberlo incluido en el contrato —le dijo Kiefer.

—Pero no lo hice —replicó Alec.

Charlotte se volvió hacia Alec una vez más.

—¿Crees que es una buena idea? —le preguntó con incredulidad.

—Creo que es una idea —dijo él, eligiendo las palabras con sumo cuidado—. ¿Buena? No lo sé. Pero a lo mejor ayuda a aplacar las especulaciones.

—¿Y desde cuándo te preocupa que especulen con tu vida privada?

Kiefer volvió a entrometerse.

—Desde que el presidente de Kana Hanako, nuestro socio japonés, mostró su preocupación.

—¿Debería preocuparme por algo? —preguntó Raine, alerta.

Kiefer reparó en ella durante una fracción de segundo.

—No es para tanto.

—¿Y entonces por qué estamos teniendo esta conversación? Charlotte no va a destruir su reputación dejándose ver con Alec...

—¿Hola? —dijo Alec de repente.

Raine levantó una mano, rechazando su objeción.

—Tú te lo has ganado a pulso, hermanito.

—Y no involucres a Isabella en esto —le aconsejó Charlotte.

—No tengo el menor interés en Isabella —los ojos de Alec se oscurecieron y la taladraron con una mirada–. ¿Puedo hablar contigo en privado?

–Todavía no se me ha secado el esmalte de uñas.

Raine y Kiefer se quedaron de piedra mientras Alec seguía mirándola en silencio. Era evidente que la gente no rechazaba las peticiones de Alec así como así.

–Entonces, más tarde –le dijo finalmente, y dio media vuelta con el rostro contraído por la tensión.

Alec tuvo que esperar un buen rato para poder hablar con ella. Raine y ella se fueron de compras a Toulouse y en cuestión de unas horas empezaron a llegar los primeros miembros del equipo de rodaje.

El diseñador de decorados, el manager de emplazamientos, el subdirector… y también los carpinteros, los encargados de atrezzo y los técnicos de iluminación.

La planta baja de la casa no tardó en convertirse en una zona de obras y, en más de una ocasión, Alec pensó en marcharse de la mansión mientras durara el rodaje.

Pero entonces veía a Charlotte, y cuanto más la veía, más decidido estaba a seducirla y conquistarla.

Una de esas veces la encontró sola, apoyada sobre el pasamanos del pasillo del tercer piso, mirando hacia el recibidor, donde estaban poniendo vías para las cámaras.

–*Bonjour*–le dijo, apoyándose junto a ella.

Ella lo miró un instante, y entonces miró hacia la puerta de entrada y también a ambos lados.

–Sin fotógrafos –le aseguró él.

–No me fío de Kiefer –respondió ella.

–Te pido disculpas –le dijo Alec–. No debería haberle dejado que te hiciera esa petición.

–¿Que finja ser tu novia?

Alec asintió, aunque lo único de lo que realmente se arrepentía era de no haberla convencido para que aceptara.

–Te prometo que no saldrá de entre los arbustos con una cámara.

–¿Y cómo sé que puedo fiarme de ti?

Un pieza del equipo se cayó estrepitosamente en el recibidor y entonces se oyeron varios gritos.

–¿Y cómo sé yo que no destruirás mi casa? Creo que los dos tenemos que hacer un acto de fe.

Charlotte se volvió y Alec reparó una vez más en su extraordinaria belleza. Sus ojos azules destellaban a la luz del sol y sus labios, tan rojos como la pasión, esbozaban una sonrisa seca.

–Tú puedes reconstruir la mansión.

–Las losetas del suelo tienen más de trescientos años.

Charlotte bajó la vista.

—Entonces imagino que será indestructible –le dijo en un tono provocador.

Alec no pudo evitar la carcajada.

—No voy a dañar tu reputación –le prometió.

Ella asintió con la cabeza.

—Gracias.

En ese momento saltó el flash de una cámara. Alec la agarró de la mano rápidamente y la hizo entrar en la habitación que estaba detrás de ellos, cerrando la puerta tras ella.

—Sólo son algunas tomas de referencia para enviar al equipo de Hollywood –le dijo ella, sonriendo–. Pero gracias por el esfuerzo.

—No quería romper mi palabra a los dos minutos de haberme comprometido.

Sus manos seguían entrelazadas y aún estaban junto a la puerta de roble de la biblioteca de la tercera planta. Las estanterías estaban llenas de volúmenes encuadernados en cuero y unas gruesas cortinas de terciopelo verde con ribetes dorados adornaban ambos lados de las ventanas, por las que se filtraban los tenues rayos del sol.

La habitación, parcialmente en penumbra, era fresca, silenciosa y apacible.

Alec sentía la suavidad de su mano, la delicada piel de la palma, que sugería la textura de otras zonas de su cuerpo...

—¿Alec?

Con la vista fija en sus carnosos labios, él le tiró de la mano y la hizo acercarse a él.

–No me digas que no sientes curiosidad.

–Yo... –Charlotte se detuvo y entonces le miró los labios. Era incapaz de mentir, pero tampoco podía decir la verdad.

Él sonrió.

–Yo también.

–No podemos hacer esto –le advirtió ella.

–No vamos a hacer nada.

–Oh, sí, claro que sí.

Alec volvió a tirar de ella y la hizo pegarse a él.

–De momento, sólo estamos hablando.

–Pero estamos hablando de besarnos.

–No hay nada malo en ello.

–¿Tienes una cámara en el bolsillo?

–Eso no es una cámara.

Charlotte cerró los ojos y los apretó con fuerza.

–No me puedo creer que hayas dicho eso.

–Y yo no me puedo creer que te hayas escandalizado –le dijo él, riendo silenciosamente–. Te estás sonrojando.

–Estoy avergonzada porque la broma no ha tenido ninguna gracia.

–Estás avergonzada porque te sientes atraída por mí y, por alguna razón, crees que debes resistirte.

–Claro que debo resistirme.

–¿Por qué?

–Eres un playboy millonario y hedonista.

–Lo dices como si fuera malo.

–Acabarás con mi buen nombre.

–¿Por besarte en privado? Me halaga que pienses que tengo tanto poder –Alec respiró hondo y la miró fijamente–. Charlotte, bésame, no me beses, pero por lo menos sé sincera. Tu reputación no corre ningún peligro en este momento.

Ella dejó caer los hombros.

–Tienes razón –admitió.

Ambos guardaron silencio unos segundos y entonces, para sorpresa de Alec, ella le puso una mano en el hombro.

–Es sólo curiosidad –le dijo.

Una sonrisa asomó a los labios de Alec.

–Claro.

Ella se puso de puntillas.

–A lo mejor ni me gusta.

–A lo mejor –dijo él, permaneciendo inmóvil.

–¿Hay muchas mujeres a las que no les gustan tus besos? –le preguntó ella, sonriendo.

–No recuerdo haber tenido ninguna queja, pero estoy seguro de que ninguna se ha tomado tanto tiempo antes de probar.

–Es que me gusta planear bien las cosas.

–Ya veo.

Los dos se miraron en silencio.

–¡Oh, Dios! –exclamó Charlotte, sucumbiendo a sus impulsos. Cerró los ojos y se acercó aún más.

Pero Alec ya no podía esperar más. Entreabrió la boca y tomó sus labios calientes con fervor.

Su sabor, su aroma, el tacto de su boca... Una explosión de placer sacudió las entrañas de Alec. Ella lo dejaba obnubilado con sólo acercarse un poco.

El beso se volvió más intenso y Alec la acorraló contra la puerta de la habitación, apretándose contra ella. Le puso las manos sobre las mejillas y la acarició mientras exploraba todos los rincones de su boca. Gimiendo de placer, ella abrió más la boca y puso los brazos alrededor de su cintura.

Él le metió un muslo entre las piernas y le subió un poco la minifalda al tiempo que se rozaba contra el suave tejido de sus pantys.

Su cuerpo estaba caliente, tenso, tieso... El ruido ensordecedor de una locomotora rugía en sus oídos y el mundo se había contraído a su alrededor. Sólo quedaban ellos dos.

—¿Charlotte? —dijo una voz desde lejos.

Raine.

Alec soltó un gruñido de frustración y se apartó de ella, sabiendo que sólo disponían de unos segundos antes de que su hermana intentara abrir la puerta.

—¿Charlotte?

—Déjame —susurró Charlotte.

Alec dio un paso atrás y trató de calmar su agitada respiración.

—¿Te encuentras bien? —le preguntó a ella.

—Sí —Charlotte se alisó la falda y la blusa mientras él le arreglaba el peinado con la mano.

El picaporte tembló y Charlotte se sobresaltó.

–¿Por qué estamos aquí? –susurró.

Alec abrió la puerta.

–Raine –dijo, advirtiendo el interrogante que dominaba la expresión de su hermana–. Me alegro de que seas tú. Hay un fotógrafo abajo y Charlotte se asustó –le guiñó un ojo a Charlotte–. Le dije que no tenía nada de qué preocuparse. ¿Has visto a alguien con una cámara merodeando por aquí?

Raine miró a su amiga y después a su hermano.

–No.

–Bien –dijo él en un tono entusiasta–. Estaré en mi despacho. Kiefer viene dentro de una hora. Si ves a Henri, dile que lo mande arriba directamente –dijo y abandonó la habitación.

Sin embargo, tras avanzar unos cuantos pasos, tuvo que apoyarse contra la pared del pasillo para recuperar el equilibrio.

«Sólo ha sido un beso. Nada más que un beso», se recordó.

–Entiendo que estés paranoica –comentó Raine cuando se fue su hermano.

–¿Mmm? –dijo Charlotte, que todavía no había recuperado el habla. Aún sentía un intenso cosquilleo en la piel y las piernas le temblaban como si fueran de gelatina.

–Kiefer puede llegar a ser muy malo.

–Sí –dijo Charlotte.

–Le bastaría con una inocente instantánea en la que mantuvierais una simple conversación y ya tendría bastante para montarse su propia película. ¿Quieres que hable con él? –Raine hizo una pausa–. ¿Charlotte?

–¿Qué?

–¿Quieres que hable con Kiefer? O quizá lo mejor sea que te mantengas alejada de Alec. Por si acaso.

Charlotte respiró hondo y trató de recuperar el sentido común.

–Sí. Buena idea.

Mantenerse lejos de Alec era mucho mejor que la otra alternativa: llevárselo a la cama y perder la razón con sus besos.

–¿*Mademoiselle* Charlotte? –dijo una voz desde el pasillo.

Era Henri.

Raine se volvió hacia la puerta.

–¿Sí, Henri?

–Ha llegado un tal Jack Hudson.

–¿Jack está aquí? –las palabras saltaron de la boca de Charlotte al tiempo que un nudo se le hacía en el estómago. Quería mucho a su hermano mayor, pero él podía llegar a ser muy complicado algunas veces.

En ese momento no pudo evitar recordar el efusivo abrazo que Alec y Raine se habían dado un rato antes. Ella llevaba más de veinte años sin abrazar a su propio hermano, pero aún recordaba muy bien la última vez.

Había sido en el aeropuerto, cuando tenía cuatro años, después de la muerte de su madre. Aquel día la habían arrancado de los brazos de su hermano y su padre se había desembarazado de ella sin más.

Pero hacía mucho tiempo de aquello y la próxima vez que habían vuelto a verse, ya eran unos extraños el uno para el otro.

Jack había dejado de ser el hermano fuerte y protector con el que ella soñaba en la niñez y, poco a poco, se habían distanciado.

Charlotte se puso erguida y se dirigió al pasillo. Después del primer saludo, las cosas se volvían más fáciles.

Raine fue tras ella.

–¿Te encuentras bien?

–Sí –dijo Charlotte.

–Estás pálida... Todo va a salir bien –añadió Raine, que intentaba consolarla. Ella sabía lo mucho que su amiga deseaba impresionar a los Hudson–. Incluso Lars Hinckleman parece contento.

Charlotte no pudo evitar sonreír. Todos sabían que el subdirector era muy temperamental.

–¡He dicho dramático! ¡No patético! –gritó Lars desde abajo.

–Me temo que he hablado muy deprisa –dijo Raine al tiempo que Charlotte apretaba el paso rumbo a las escalinatas.

Tan corpulento e imponente como siempre, Hinckleman movía los brazos de un lado a otro. Tenía un puro sin encender en la boca y sus oscuros rizos le caían sobre la frente.

–Es un Stix, Baer & Fuller auténtico –se atrevió a decir la asistente de vestuario.

Todos los miembros del equipo se callaron de repente y contuvieron la respiración, incluida Charlotte. Lars sólo llevaba tres días en la casa, pero era difícil ignorar su autoridad militar.

El subdirector se inclinó hacia la asistente de vestuario y entornó los ojos.

–Lillian Hudson no llevará un nido de pájaros en la cabeza.

–Entonces era Lillian Colbert.

El rostro de Lars se volvió del color de las uvas negras.

–Ya encontraremos otra cosa –dijo la diseñadora de vestuario rápidamente. Agarró del brazo a la joven asistente y se la llevó de allí a toda prisa.

–La quiero fuera de aquí –le dijo Lars a su asistente personal.

El empleado hizo una anotación en una libreta y habló por el walkie-talkie.

Charlotte deseó que aquella orden no fuera en serio y fue entonces cuando vio a Jack.

Estaba hablando con el director de fotografía, ajeno al revuelo.

–¿Ése es tu hermano? –le preguntó Raine.

Charlotte asintió y fue a su encuentro.

–Te pareces a él.

Ella no estaba de acuerdo. Jack era mucho más moreno y serio.

–No, no creo.

–En la nariz, los ojos... –dijo Raine–. El azul intenso de los ojos. Es maravilloso.

Mientras avanzaba hacia él, Charlotte contempló a su hermano como si fuera la primera vez que lo veía. ¿Qué era lo que la gente percibía? ¿Acaso tenían otras cosas en común? Pensamientos, opiniones, emociones...

–Hola, Charlotte –le dijo él con una sonrisa abierta.

–Buenos días, Jack –como siempre, Charlotte sintió que debía hacer algo más. ¿Abrazarle tal vez? ¿Darle un beso en la mejilla? ¿Estrecharle la mano?

Él miró alrededor.

–Buen trabajo –le dijo en un tono que parecía sincero.

–Ésta es Raine Montcalm –le dijo, presentando a su amiga.

El director de fotografía se vio inmerso en otra conversación y se apartó de ellos.

Jack le estrechó la mano a Raine.

–En nombre de mi familia te doy las gracias por habernos abierto tu casa.

Una punzada de dolor se clavó en el pecho de Charlotte. Era evidente que Jack no la consideraba parte de la familia Hudson.

Ella ya le había expresado su agradecimiento a los Montcalm, pero eso no era suficiente para él.

—Alec Montcalm —la profunda voz de Alec sorprendió a Charlotte.

Se detuvo junto a ella y le estrechó la mano a Jack.

—Jack Hudson. Te doy las gracias en nombre de mi abuela.

Charlotte sintió el roce de los dedos de Alec al final de la espalda.

—Tu hermana resultó muy convincente.

Jack le sonrió a su hermana.

—Teníamos la esperanza de que la amistad entre Raine y ella fuera de ayuda.

Aunque nadie lo notara, Alec se había puesto tenso de repente.

—Sí. Bueno, espero que quedéis satisfechos con los resultados.

—También necesitaremos encontrar alojamiento para los VIPs y las estrellas. ¿Alguna sugerencia? —preguntó Jack.

—Puedo hacer un par de llamadas.

—No quiero causarte molestias.

—No es ninguna molestia —dijo Alec—. ¿Charlotte? —bajó la vista. La palma de su mano se calentaba sobre la espalda de ella—. A lo mejor podrías ayudarme.

Charlotte se preparó para lo que se le venía encima. ¿Pasar más tiempo con Alec? Eso era lo último que necesitaba.

Su mente gritaba que no y su corazón decía que sí, pero el empate no tardó en romperse.

Alec se despidió sin perder tiempo y la condujo al exterior.

—Pensaba que íbamos a hacer un par de llamadas —le dijo, yendo tras él rumbo al garaje.

—He traído el móvil.

—¿Adónde vamos? —preguntó ella.

Alec apretó el botón de un pequeño mando a distancia y una de las puertas del garaje se abrió suavemente, dejando al descubierto un flamante deportivo de color cobre.

—Muy bonito —dijo Charlotte, admirando la tapicería de cuero negro.

—Gracias —abrió la puerta del acompañante y la ayudó a subir.

—¿Adónde vamos? —repitió Charlotte, pensando que era un alivio escapar por un rato de toda aquella vorágine, y también de la presión que suponía conseguir la aprobación de los Hudson.

Alec sonrió y señaló el cielo.

—¿En un día como éste? ¿En el sur de Francia en un Lamborghini Murciélago? ¿A quién le importa?

Charlotte no pudo sino reconocer que tenía razón. Se encogió de hombros y dio la batalla por perdida. El mullido asiento la envolvía como un guante.

Precedido de su aroma embriagador, Alec se inclinó sobre ella, le puso el cinturón de seguridad, cerró la puerta y rodeó el capó. Se quitó la chaqueta y la corbata, se remangó la camisa y subió al vehículo.

–¿Tiene todo lo que necesita, señor? –dijo Henri, que había aparecido de repente para llevarse la chaqueta.

Alec asintió y se puso unas gafas de sol.

–¿Estás lista?
–No tengo el bolso.
–¿Señor? –preguntó Henri.
–No lo va a necesitar –dijo Alec, arrancando el coche. El poderoso rugido del motor lo devolvió a la vida, haciendo vibrar los asientos.

Alec puso la primera y salió suavemente del garaje. Fuera se encontraron con varios camiones que contenían el material de rodaje, una sala de vestuario y también una cocina industrial completa.

–Pensé que querrías alejarte de todo este circo durante un rato –le dijo Alec, ganando velocidad por el camino pavimentado.

–Ese Lars me pone nerviosa.
–No sé por qué lo aguanta la gente.
–Supongo que está al mando de momento.

Tenían previsto rodar algunas escenas antes de que llegaran las estrellas y el director.

El coche se detuvo suavemente al final del camino y Alec giró en dirección a Castres.

–Pero estar al mando no le da derecho a ser un imbécil.

–Así es. No le da derecho –dijo Charlotte–. Pero sí le da un motivo para serlo.

–Nunca hay motivos para el abuso de poder –replicó Alec, aumentando las marchas y ganando velocidad a medida que la carretera se hacía más recta.

Charlotte le observó con disimulo un momento.

–¿Qué? –le preguntó él.

–Tú tienes poder –dijo ella, preguntándose cómo sería él con sus empleados. Unos días antes había insistido mucho en que el rodaje no les supusiera más trabajo adicional.

–De momento –Alec le guiñó un ojo y cambió de marcha para cambiarse al carril contrario y adelantar a un camión–. Y también tengo velocidad.

El deportivo se adhería a la carretera como el pegamento, acelerando sin esfuerzo y adelantando a varios vehículos a la vez.

Charlotte asió con fuerza la manivela de la puerta.

–¿Nerviosa?

–No exactamente.

Había algo en Alec que despedía confianza al volante y Charlotte se fiaba de él. Sabía que nunca rebasaría su propio límite ni tampoco el del coche.

–Nunca te haría daño –le dijo él en un tono serio–. El poder implica responsabilidad –añadió, volviendo al carril derecho–. Y yo nací con ambas cosas.

Puso el intermitente y abandonó la vía principal, adentrándose en una bonita calle. Los comercios se sucedían uno tras otro a lo largo de un bulevar arbolado.

–¿Aquí? –preguntó ella al ver que se detenían frente a una inmobiliaria.

Durante un buen rato había llegado a creer que se dirigían a un hotel discreto para pasar una sórdida tarde de pasión en la cama.

Pero no. Alec Montcalm siempre lograba sorprenderla.

–Mi amigo Reinaldo nos dirá qué se alquila por aquí.

–Oh –Charlotte se sintió como una idiota–. Una agencia inmobiliaria.

Una llama de complicidad se encendió en las pupilas de Alec.

–¿Y qué esperabas?

–Esto –dijo ella rápidamente, asintiendo con la cabeza.

Él sonrió de oreja a oreja y Charlotte creyó que moriría consumida por la incandescente rojez que le abrasaba las mejillas.

Capítulo Cuatro

Alec quería acostarse con Charlotte y ese deseo ya empezaba a convertirse en una obsesión. El beso que le había dado esa mañana le había dejado claro que juntos serían pura dinamita y la turbulenta mirada de ella no dejaba lugar a dudas: también lo había sentido.

Estaban solos. Tenían varias horas por delante para hacer lo que quisieran y en la ciudad había muchos lugares maravillosos en los que hacer el amor. Lo tenían todo.

Pero algo le impedía actuar y Alec no tenía ni idea de lo que era. Los hombres como él podían meter a una mujer en la cama en un abrir y cerrar de ojos. Sin embargo, la mayoría de las veces no era él, sino su dinero, el que obraba el milagro.

A lo mejor se estaba haciendo viejo. O quizá sólo quería fingir que las cosas eran distintas con Charlotte, a diferencia de las demás mujeres que había conocido, que había algo más que sexo por su parte y manipulación por la de ella.

No obstante, eso no tenía mucho sentido. Apenas la conocía y, probablemente, ella sería tan susceptible a sus millones como cualquier otra mujer. Que fuera la amiga de Raine, inteligente, lista y vulnerable, no la hacía especial.

En lugar de llevársela al primer hotel que encontrara, se dirigió hacia la primera casa que se alquilaba, un viejo molino convertido situado junto a un río y rodeado de varias hectáreas de terreno.

—Maravilloso —dijo Charlotte, echando atrás la cabeza para contemplar el alto puntal del salón principal.

Una escalera de madera pulida conducía al descansillo del segundo piso. Las paredes de madera brillaban y los muebles parecían grandes y cómodos.

—¿No crees que es demasiado pequeña? —le preguntó Alec.

—Es encantadora —afirmó Charlotte, pasando por debajo de la escalera hasta llegar a la puerta arqueada que conducía a la cocina.

Las cacerolas, esmaltadas y brillantes, colgaban del techo ordenadamente y un enorme fregadero blanco ocupaba la mayor parte de la encimera, bajo una ventana con vistas al agua. Las estanterías eran antiguas y las losetas del suelo estaban un poco gastadas.

Alec deslizó la punta del dedo por la mesa en busca de polvo.

—Estamos hablando de estrellas de cine y peces gordos.

Charlotte frunció el ceño.

–Yo me quedaría aquí –dijo, yendo hacia el fregadero.

Él fue tras ella.

–¿Sí? Bueno, evidentemente, no eres muy exigente.

Charlotte se volvió de repente y se encontró a sólo un centímetro de él, atrapada contra el fregadero.

–¿Y qué te hace pensar eso?

Él levantó el dedo para enseñarle las motas de polvo y se las quitó con el pulgar.

–Nada que no quite una buena bayeta –dijo ella.

–A mí me parece que las estrellas de cine no limpian suelos –le dijo Alec, intentando mantener un tono ligero.

–Claro que no los limpian. Tienen gente que lo hace para ellos. Pero tú lo sabes muy bien, ¿no es así?

–¿Tienes algún problema con mi dinero? –le preguntó al oír su tono sarcástico.

Ella hizo una pausa.

–Me gusta tu coche.

–Tienes buen gusto.

–¿Te gusta ir deprisa?

Alec digirió la pregunta y entonces vaciló un instante.

–Me gusta ir deprisa –respondió con tranquilidad.

Se miraron en silencio durante unos segundos. El río seguía su curso al otro lado de la ventana y un ruiseñor les ofrecía su canto desde la rama de un árbol cercano.

Silencio y quietud dominaban la casa rural, que parecía contener la respiración para ellos.

—Yo pensaba que el beso había servido para librarnos de esto —dijo ella por fin.

—Me parece que no.

Transcurrió otro minuto.

—¿No deberías estar haciendo algo? —preguntó Charlotte.

—¿Como qué?

—No lo sé. Algo decisivo en un sentido o en otro.

Él sonrió.

—Lo pensé, pero entonces decidí que era mejor dejarte dar el primer paso.

—¿Y si no lo hago? —le preguntó ella, cambiando de postura.

Alec se encogió de hombros.

—Entonces supongo que será como un concurso de miradas. A ver quién parpadea primero.

—¿Y crees que eso sería divertido?

—Creo que sería fascinante.

—En ese caso —Charlotte se hizo a un lado y echó a andar por la cocina—, creo que puedo aguantar más que tú.

—¿Eso crees? —preguntó Alec.

Ella le lanzó una mirada ardiente y sensual.

—Creo que ya lo averiguaremos. ¿Dónde está la otra casa?

–Rue du Blanc. En lo alto de la colina.

Era una villa de piedra con doce habitaciones y una piscina situada junto a un bosque de olivos. A Charlotte le gustó mucho. La cocina era moderna y estaba limpia y había suficiente espacio para la comitiva de estrellas.

La última parada fue en un castillo de piedra blanca, vigas labradas al descubierto, un vasto salón de gala y siete dormitorios con enormes camas de matrimonio. Al final del camino de tierra que llevaba hasta la edificación había una glorieta ocupada por una fuente decorativa frente a la que se extendían varias hectáreas del césped más verde.

La decoración era provincial francesa y las enormes habitaciones contenían valiosas antigüedades.

–Espero que no les gusten las fiestas –dijo Alec, mirando la piscina de la parte de atrás. Detrás había un extraordinario laberinto de arbustos, cuidado hasta el más mínimo detalle. Toda una obra de arte.

Más de uno podía perderse en ese laberinto después de tomarse unas cuantas copas.

–Muy bien, ahora sí que me da envidia tu dinero –dijo Charlotte, volviendo al flamante recibidor de la entrada, cubierto de alfombras ancestrales e iluminado con ventanas octogonales. Me encantaría darme un capricho como éste.

–¿Tanto te gusta? –preguntó Alec.

Ella asintió.

–Me lo compraría.

–La cocina es un poco pequeña.

–Pero yo la reformaría.

Alec se echó a reír.

–¿Te atreverías a echar abajo una pared de piedra?

Charlotte abrió las puertas dobles que conducían al salón principal.

–Es una fantasía –dijo ella, admirando los muebles, los retratos en óleo y el impresionante escritorio–. Creo que puedo reformarla a mi gusto.

En un extremo de la habitación había un balcón que daba a una charca de patos. Charlotte salió al exterior y se apoyó en la barandilla.

–Si viviera aquí podría ponerles nombres a los patos.

–Podrías –dijo Alec, parándose a su lado–. Pero no sé si serías capaz de diferenciarlos.

–Me compraría un perro y pondría un columpio para los niños.

–¿Niños?

–Claro. No usaría los siete dormitorios –una expresión distante y soñadora se apoderó de su rostro.

–Bueno, ¿y qué pasa contigo y con Jack?

Charlotte mantuvo la vista al frente.

–¿Qué quieres decir?

Alec había visto la expresión de su cara en compañía de su hermano, cómo se había comportado delante de él. Era evidente que había una gran distancia entre ellos.

—Bueno, me pareció que había un poco de tensión...

—No sé de qué me hablas.

—¿Estás enfadada con él?

—¿Y por qué debería estar enfadada con él?

—No sé. Fue...

—Apenas lo conozco.

Alec contempló su perfil un instante.

—Es tu hermano.

—Pero no crecimos juntos.

Alec había oído hablar de ello a su hermana.

—¿Qué pasó?

Charlotte quitó un rastro de arena de la barandilla con la mano y después rascó un grieta con la uña del pulgar.

—Cuando tenía cuatro años, mi madre murió. Jack se quedó con los abuelos Hudson y yo me fui con los Cassettes.

De repente Alec sintió pena por ella. Sus padres habían muerto cuando él tenía poco más de veinte años y la pérdida había sido un golpe muy duro para él. Sin embargo, siempre había tenido a Raine a su lado.

—¿Y nunca preguntaste por qué?

—¿Preguntarle a Jack?

—A tu padre.

Ella sacudió la cabeza.

—David Hudson y yo no hablamos muy a menudo.

Alec puso su mano sobre la de ella.

—Entiendo —le dijo.

Charlotte se encogió de hombros.

—A mí me parece que yo no le importaba demasiado.

—Y te hizo mucho daño.

Charlotte se desenredó el cabello con los dedos.

—Es que... algunas veces... —se detuvo y sacudió la cabeza.

—Dime —insistió.

Ella se volvió hacia él.

—Quisiera que fuéramos como Raine y tú. Os abrazáis, os gastáis bromas... —agitó las manos en un gesto de confusión.

—Eso es porque llevamos muchos años juntos y sabemos exactamente qué teclas apretar.

—A lo mejor ése es el motivo por el que le gastas bromas, pero no es la razón por la que la abrazas.

De repente Charlotte pareció tan vulnerable y confusa que Alec ya no pudo contenerse más. La estrechó entre sus brazos y le apoyó la cabeza sobre su hombro mientras le desenredaba el cabello con las manos.

—Ten paciencia. Las relaciones son complicadas.

—Tengo veinticinco años —dijo ella—. Y vivimos en continentes distintos.

—Algunas son más complicadas que otras.

Ella se estremeció bajo sus manos.

—Oye... —le dijo él, acariciándole la espalda con la palma de la mano.

Era difícil mantener el rumbo estando tan cerca de ella. Su aroma a primavera, el vívido recuerdo de su sabor...

Ella se apartó y Alec se sorprendió al ver que no estaba llorando, sino riendo.

—¿Qué tiene tanta gracia?

—Supongo que Jack y yo estamos en el lado más complicado.

Alec la miró fijamente. Sus ojos refulgentes, sus mejillas encendidas y su cabello alborotado parecían rogarle que la besara con frenesí.

—No —sacudió la cabeza—. Tú y yo sí que estamos en el lado más complicado —le dijo y se inclinó para besar sus labios tentadores.

En cuanto los labios de Alec tocaron los suyos, Charlotte supo cómo lo hacía. Por fin comprendió por qué cientos de mujeres caían rendidas a sus pies y estaban dispuestas a meterse en su cama a toda costa, incluso a expensas de su propia reputación.

Alec Montcalm no sólo era espectacular y sexy; no era sólo un tipo rico que las invitaba a cenas de lujo por todo el planeta. Alec Montcalm era... magia.

Estaba en sus ojos, en el tacto de sus manos y en su voz, que la hacía sentir como si fuera la única persona sobre la faz de la Tierra.

Charlotte le rodeó el cuello con ambos brazos y ladeó la cabeza para besarle mejor. Los labios de Alec se entreabrieron y ella le invitó a seguir adelante. Apretó los pechos contra su fornido pectoral y entonces empezó a sentir un cosquilleo en los pezones que se extendía por sus venas como la pólvora.

–Charlotte... –dijo él en un susurro, besándola cada vez con más pasión y acorralándola contra la barandilla.

Le puso las manos sobre las mejillas y empezó a acariciarla con fervor. Sus cuerpos parecían pegados por una fuerza sobrenatural y los labios de él ya empezaban a perder el rumbo. Primero, sus mejillas de crema, después la frente, los párpados, el lóbulo de la oreja, la curva de su cuello...

Charlotte contuvo la respiración.

De repente ambos sintieron un calor asfixiante. Una fina capa de sudor iluminaba la tez de Charlotte y ella sólo podía pensar en arrancarse la ropa del cuerpo.

Pero entonces Alec la levantó en el aire y se dio la vuelta.

–Tenemos que parar –le susurró al oído.

Charlotte, que no sabía muy bien por qué, continuó besándolo con pasión.

–Aquí no –añadió él.

«Por supuesto. Aquí no», pensó Charlotte, volviendo a la realidad.

Estaban en una casa extraña.

¿En qué estaba pensando?

Dejaron de besarse y ella escondió el rostro contra el hombro de Alec. Su piel ardía bajo la camisa de algodón, que estaba empapada.

–Lo siento –dijo ella con la voz entrecortada.

–Pues yo no.

–No podemos seguir haciendo esto –le dijo a modo de advertencia tanto para él como para sí misma. Si seguían así, iban a terminar haciendo el amor en cualquier sitio.

–Podemos –objetó él–. Pero más tarde o más temprano nos quemaremos.

–Las revistas –dijo ella.

–Estaba pensando en tu hermano –dijo Alec, sin dejar de abrazarla en el aire–. Pero, sí, las revistas también.

–Jack es sólo uno –dijo Charlotte, sin saber muy bien lo que quería decir.

–¿Me estás diciendo que podemos ser más listos que él?

–Estoy diciendo que no puede estar en todas partes –Charlotte hizo una pausa–. Pero la prensa sí.

–Y entonces, ¿qué hacemos? –preguntó él.

–¿Por qué no me sueltas?

Él la fue soltando lentamente y le dejó apoyar los pies sobre el suelo poco a poco.

–Maldita sea –murmuró Alec.

Una onda de pasión reverberó por todo el cuerpo de Charlotte y sus labios repitieron las palabras de Alec. Se apartó de él y rió suavemente.

—Sí que tienes mucho éxito con las mujeres, Alec —le dijo, contemplando los campos que se extendían ante ella más allá de la laguna de los patos y el huerto.

Él guardó silencio un momento.

—No con todas.

—Tenemos que volver —dijo ella.

—Claro.

Ella echó a andar hacia el interior de la casa y Alec fue detrás, cerrando la puerta tras de sí.

En el viaje de vuelta, Charlotte apoyó la cabeza a un lado y cerró los ojos, dejando que el viento le acariciara los sentidos mientras Alec la llevaba de vuelta al maremágnum de Château Montcalm a toda velocidad.

El mundo de Alec se había vuelto loco en un abrir y cerrar de ojos. Había esperado algunas molestias e incomodidades, pero en ningún momento había previsto el caos que reinaba en la mansión. Había cinco enormes camiones con remolque aparcados en la entrada principal, unos cien miembros del equipo de rodaje, varias docenas de extras, un subdirector cascarrabias y dos estrellas quisquillosas.

Y lo peor de todo era que Charlotte había desaparecido. Raine se la había robado poco después de llegar del paseo alegando que la había monopolizado demasiado.

¿Era mucho pedir pasar unos minutos a solas

con ella? A él no le importaba que pasara tiempo con su amiga en el spa y en las canchas de tenis, pero también quería tenerla un rato para él y, aunque desayunaran y cenaran juntos, Raine siempre estaba ahí, por no mencionar a Kiefer, a Jack y hasta al mismísimo Lars Hinckleman.

De repente se oyó otro terrible estruendo en el patio frontal.

Y después, los gritos y los alaridos de Lars. Alec se levantó, cruzó la habitación y cerró la ventana de su despacho.

Respiró aliviado y volvió a sentarse frente a su escritorio, dispuesto a revisar la estrategia de mercado que Kana Hanako proponía de cara al Tour de Francia.

Hasta ese momento, ninguna revista del corazón había establecido un vínculo entre Alec e Isabella, aunque ella ya llevaba dos días en la Provenza. Ridley Sinclair y ella habían escogido la villa moderna con el bosque de olivos como residencia temporal y la compartían con otros miembros del equipo.

El rugido de un motor taladró las sienes de Alec hasta sacudir los cimientos de la mansión.

Alec tiró el bolígrafo, se puso en pie y fue hacia la entrada principal a toda prisa, sorteando toda clase de obstáculos cinematográficos por el camino.

Una enorme grúa acababa de detenerse frente a la rotonda del camino de tierra que llevaba a la mansión. Los inmensos brazos hidráulicos chirriaban al golpear el suelo y así estabilizaba la máquina.

—¿Qué demonios...? —exclamó Alec.

—Es para una toma aérea de la escena del balcón —le dijo un miembro del equipo.

Justo en ese momento la grúa se movió y uno de los brazos horadó el cemento haciendo un ruido ensordecedor. La tierra tembló bajo sus pies.

Algunas personas gritaron, pero sus chillidos terminaron en una risa nerviosa cuando se dieron cuenta de que no pasaba nada.

Sin embargo, Alec no se reía.

—¿Dónde está Charlotte? —gritó enfurecido.

Ése era su trabajo. Ella le había prometido que no causarían daños en su casa.

Los que estaban más cerca se volvieron hacia él.

—Quiero hablar con Charlotte Hudson.

Uno de los miembros del equipo habló por el walkie-talkie.

—¿Alec?

Era Raine.

Al darse la vuelta se encontró con las dos. Llevaban las compras en las manos y llamativos sombreros en la cabeza, por no hablar del ligero bronceado que lucían.

—¿Dónde demonios estabais? —les preguntó, fulminando a Charlotte con la mirada.

Ella abrió los ojos y también la boca, pero las palabras no salieron.

–Éste era tu trabajo –gritó, gesticulando a su alrededor–. Preferiría sufrir un terremoto. Los cimientos de la casa empiezan a sacudirse y el camino está hecho una ruina. Y ni siquiera consigo oír mis propios pensamientos.

–Yo...

–¡Quiero esa grúa fuera de aquí! –gritó, furioso–. Y la quiero fuera ahora –vio a Jack por el rabillo del ojo.

–Y basta de visitas turísticas, sesiones de spa y compras compulsivas. No voy a tolerar tanto ruido y destrucción yo solo –le dijo, fuera de sí.

–Necesitan hacer esa toma –intentó decir Charlotte, que se había puesto pálida como la leche.

–Y quiero que mi casa siga en pie cuando todo esto termine.

Ella retrocedió un poco y entonces él arremetió contra Jack.

–¿Y tú? ¿Qué demonios pasa contigo? Estoy aquí parado, gritándole a tu hermana.

Jack parpadeó varias veces, claramente confundido.

–¿Por qué no me golpeas?

Alec masculló un juramento y volvió a entrar en la casa. La perspectiva de marcharse a Roma parecía cada vez más apetecible.

Charlotte se quedó mirando a su hermano, pero él apartó la vista de inmediato y se puso a revisar las anotaciones de uno de los asistentes de producción. Los decibelios descendieron hasta niveles normales para un rodaje y todo el mundo volvió al trabajo.

Raine miró a su amiga.

—Esto no es normal.

—Gracias a Dios —dijo Charlotte.

—No sé qué mosca le ha picado.

—Tiene razón —dijo Charlotte—. Le prometí que todo iría bien.

—Pero Alec nunca grita. Él se va minando poco a poco y entonces empieza a maquinar. Podría llegar a arruinarte lentamente. Pero nunca pierde los estribos de esa forma.

—Entonces parece que le he llevado al límite.

Charlotte necesitaba aclarar las cosas. No podía dejar que aquello se quedara así.

Sin darse cuenta echó a andar hacia la puerta de entrada.

—Parece que sí —dijo Raine, mirándola y yendo tras ella—. Charlotte, ¿hay algo que quieras decirme?

—¿Como qué? —Charlotte no quería mentirle, pero tampoco quería admitir que se sentía atraída por él.

No quería caer en el cliché, en el estereotipo de la mujer que sucumbía a sus encantos.

—Algo como que se te ha insinuado y le has rechazado. Alec no está acostumbrado a oír esas palabras.

—Supongo que no —dijo Charlotte, riendo.

–¿Entonces lo hizo? –preguntó Raine, hablando en voz baja.

–¿Insinuárseme?

Raine le dio un codazo en las costillas.

–¿Estás evitando la cuestión?

–Ya lo creo.

–Entonces lo hizo –Raine la agarró del brazo y la condujo por el camino hasta llegar a una mesa de hierro pintada de blanco situada junto a una fuente–. ¿Y le dijiste que no? –le preguntó con una mirada pícara.

–No exactamente –admitió Charlotte, dejando el bolso a un lado.

Raine abrió los ojos de par en par.

–¿Le dijiste que sí?

–En realidad, no dije nada.

–Oh, Dios. Vosotros dos…

–¡No! –Charlotte bajó la voz–. No. No lo hicimos.

–No entiendo.

–Nos besamos –Charlotte se recostó contra el respaldo de la silla–. Nos besamos, ¿de acuerdo?

–¿Y entonces por qué está tan furioso contigo?

–Supongo que es porque la grúa ha destrozado el camino.

Raine empezó a juguetear con una pequeña hoja que el viento había depositado sobre la mesa.

–Pero Alec no se pone a gritar por un camino destrozado. ¿Y qué es eso de decirle a Jack que le golpee?

–Ahí me has pillado. ¿Alec le ha pegado a alguien que te haya gritado?

–Nadie me ha gritado nunca. Por lo menos, no delante de él –Raine hizo una pausa–. Y, en realidad, la gente no suele gritarme.

–Eso es porque eres dulce y amable –dijo Charlotte bromeando.

–Empiezo a pensar que es por el hermano que tengo.

Charlotte se echó a reír.

–¿Tú crees que él los ahuyenta?

–A lo mejor. Pero volvamos al tema del beso. Cuéntamelo todo.

–No hay nada que contar –dijo Charlotte, mintiendo.

–¿Dónde estabais? ¿Cómo pasó?

–Estábamos en uno de los balcones de las casas en alquiler.

–¿Y te besó así sin más?

–Pensó que estaba llorando.

Raine frunció el ceño.

–Eso no suena bien.

–En realidad, me estaba riendo –dijo Charlotte, intentando alejar el recuerdo de su mente.

–Pero Alec no da besos por compasión.

–Y tú lo sabes todo sobre sus besos, ¿no?

–He oído alguna cosa que otra.

–Bueno, ahora no vas a oír nada más al respecto –Charlotte suspiró y se puso en pie–. Mejor será que regrese y vaya a ver qué está pasando. Alec tiene razón. Le dije que me ocuparía de todo –agarró el bolso–. Creo que se nos ha acabado la fiesta.

–De eso nada –Raine sacudió la cabeza con malicia–. Definitivamente, voy a hablar con él.

–Oh, no, no lo harás –dijo Charlotte.

–No tienes por qué vigilar cada paso que den –dijo Raine–. Y no voy a dejar que te tenga prisionera en esta casa durante semanas.

–Yo hablaré con él –dijo Charlotte–. Más tarde...

Capítulo Cinco

El rodaje se alargó hasta las ocho de la tarde y Alec, como no quería contagiar a nadie de su mal humor, pidió que le llevaran la cena al despacho. Prestar su casa como emplazamiento de rodaje había sido una decisión estúpida de la que siempre se arrepentiría, pero ya no había vuelta atrás.

Las cosas no habían salido exactamente como las había planeado, pero no había nada que pudiera hacer al respecto. A primera hora de la mañana saldría para Tokio y se dedicaría por completo a la nueva línea de bicicletas. No podía permitirse ni un fallo más.

Había una larga lista de eventos sociales a los que debía asistir. Quizá debía buscarse a una chica corriente y hacerse unas fotos, aunque sólo fuera para contentar a Kiefer.

Alguien llamó a la puerta.

–¿Sí, Henri?

La puerta se abrió parcialmente.

–Soy Charlotte.

Alec suspiró y se puso en pie.

–Entra.

Charlotte cerró la puerta tras de sí y se apoyó

en ella. Estaba espectacular con un espléndido vestido dorado de finos tirantes.

–Van a reparar el camino de la entrada.

Él rodeó el escritorio que los separaba y fue hacia ella.

–No se trataba del camino.

Ella asintió con la cabeza.

–De todos modos... Lo han roto y lo van a reparar.

–Por lo visto has estado haciendo tu trabajo esta tarde.

–Sí.

–Te lo agradezco.

–Era parte del trato.

–Estaba enfadado porque no aparecías por ninguna parte –le dijo él, acercándose un poco más.

A cada paso que daba ella se volvía cada vez más preciosa.

–He estado aquí todos los días.

–Con Raine siguiéndote a todas partes. ¿Dónde está, por cierto?

–Tenía que hacer algo con Kiefer.

–¿En el despacho?

Charlotte asintió.

Alec se detuvo delante de ella.

–¿Y Jack?

–En el hotel. Con el equipo.

Alec deslizó la punta del pulgar sobre el fino tejido de su vestido y en ese instante Tokio se esfumó de su mente. Todo aquel resplandor provenía de miles de cintas, cuentas y lentejuelas radiantes. Tenía doble costura en el bajo y era perfecto para bailar.

Sus hermosas y largas piernas lucían espléndidas, llevaba unas flamantes sandalias doradas y los aros de oro que llevaba en las orejas resaltaban su melena rubia.

–Ya sabes –le dijo suavemente–. Todos nos hemos equivocado.

Ella ladeó la cabeza como si quisiera entenderle.

–No deberías haberte ido así. Y yo no debería haberte gritado. Y Jack debería haberme parado los pies.

Charlotte sonrió.

–Jack cree que estás loco.

–Tiene que aprender a ser tu hermano.

–Sólo espero que eso no implique muchas peleas.

Alec la agarró de la cintura. La rugosa textura del traje le hizo cosquillas en las palmas de las manos.

–Te he echado de menos –admitió Alec.

Ella cerró los ojos un momento.

–¿Ya estamos en el lado complicado de las cosas?

–Tal y como yo lo veo, es muy sencillo –Alec contempló sus inmaculados hombros, delicadamente adornados por los finos tirantes del vestido.

Era tan fácil deslizar uno de ellos sobre la deliciosa curva de su brazo y besar su aromática piel...

—Estás maravillosa —le dijo—. No puedo dejar de tocarte. Y ahora estamos solos.

Metió el dedo índice por debajo de uno de los tirantes y empezó a deslizarlo adelante y atrás.

—¿Qué podría ser más sencillo que eso?
—Yo he venido a hablar de tus expectativas.
Él sonrió.
—Espero que no te lleves una decepción.
—Quiero decir, mi trabajo. La película. No quiero volver a defraudarte.
—Olvídalo.

Ella intentó descifrar la expresión de su rostro.

—No sé qué quiere decir eso.
—Quiere decir que no me enfadé a causa de lo de la entrada, ni tampoco porque te lo pasaras bien con Raine. Me enfadé porque no estabas en mi cama. Y ésa no es razón para enfadarse.

Ella se quedó de piedra, conteniendo la respiración.

Alec apretó la mano que tenía sobre su espalda y tiró de ella. Inclinó la cabeza, entreabrió los labios y recibió los de Charlotte con fervor.

La última vez todo había ocurrido demasiado deprisa. Él se había comportado como un adolescente y ni siquiera se había tomado el tiempo suficiente para saborearla, para conquistar su boca como lo hacía un francés de pura cepa.

Ella sabía al mejor de los vinos, a su propia cosecha. Sus labios eran carnosos y suaves, cálidos y elásticos.

Deslizó el brazo hasta el final de su espalda y apretó sus suaves curvas con pasión, rozándose contra ella.

Charlotte era una verdadera diosa, un regalo del cielo sólo para él; un ángel en la Tierra, sólo para él...

Charlotte le agarró de los hombros y empezó a emitir tímidos gemidos de pasión. Él la besaba en el cuello y ella se arqueaba hacia atrás, más y más. Sus pezones, turgentes y firmes, se dibujaban bajo el tejido del vestido y su escote parecía a punto de desbordarse.

Alec puso una mano sobre uno de sus pechos y empezó a acariciárselo con el pulgar. Entonces la levantó en brazos y le subió el vestido al tiempo que la recostaba sobre el suelo. Sus muslos firmes tenían un tacto de seda bajo sus manos.

Él deslizó el pulgar entre sus piernas y recorrió el suave encaje de sus braguitas. Charlotte estaba húmeda y caliente.

Sin dejar de besarla y acariciarla, la agarró del trasero y, cargándola en brazos, la llevó al cuarto de baño adyacente. Una vez dentro, la apoyó sobre la encimera del lavamanos, le quitó el diminuto jirón de tela que cubría su dulce feminidad, se puso un preservativo y rozó la suavidad de su sexo.

Entonces le alisó el cabello con la palma de la mano y, mirándola fijamente a los ojos, acarició su hinchado labio inferior con la punta del pulgar.

Ella se inclinó adelante y, entre susurros y gemidos, le agarró del cabello.

Él abrió los finos pétalos de su feminidad con los dedos de la mano.

–¿Ahora? –le preguntó.

–Ahora –susurró ella.

Alec empujó hacia adentro y la agarró con fuerza de la cintura, empujando una y otra vez y saboreando el tacto de su cuerpo alrededor de su miembro.

Le bajó el vestido, destapó sus exquisitos pechos y cerró los labios alrededor de uno de sus dulces pezones, succionando y mordisqueando hasta hacerla jadear con todo su ser.

Deseaba verla completamente desnuda, pero no había tiempo para eso.

La cadencia del movimiento aumentaba por momentos y la mente de Alec palpitaba de placer. Ya no quedaba nada en su conciencia excepto un instinto básico y un grito de deseo que finalmente los llevaría a la cumbre del paraíso más exquisito.

Se aferró a ella con ambas manos y la abrazó con fervor mientras los temblores del éxtasis sacudían sus cuerpos, sudorosos y saciados.

***

Charlotte yacía sobre la enorme cama de Alec, enredada en las sábanas. Tenía la mejilla apoyada en su fornido pecho y desde ahí podía oír su respiración regular y vigorosa. Una fina brisa se colaba por la ventana abierta del tercer piso, agitando las cortinas y descubriendo las luces del jardín.

–Creo que deberíamos mantener el secreto –se aventuró a decir ella.

–¿Eso crees? –él deslizó las puntas de los dedos sobre su brazo desnudo–. A lo mejor deberíamos dejar a entrar a Kiefer con la cámara.

–O quizá podríamos hacer una rueda de prensa aquí mismo.

–Entonces seguro que conseguiríamos una portada.

Ella volvió la cabeza y apoyó la barbilla sobre el hombro de Alec.

–En serio.

Él la miró a los ojos.

–En serio. Es nuestro secreto.

Ella asintió.

–¿Y qué pasa con Jack?

Charlotte frunció el ceño.

–¿No vas a decírselo?

–No.

Ella nunca había tenido suficiente confianza con su hermano como para hablarle de su vida privada.

–¿Y tú se lo vas a decir a Raine?

Alec se encogió de hombros.

–No sé.

–Sospecha algo, ¿sabes?

–¿En serio?

–Después de la escena que montaste esta tarde me preguntó si te me habías insinuado. Pensaba que te había puesto como loco porque te había rechazado.

–No andaba muy desencaminada.

–Le dije que nos habíamos besado –Charlotte se acomodó sobre el pecho de Alec y empezó a juguetear con el borde de la sábana.

–¿Se lo vas a decir? –preguntó él.

Charlotte no sabía muy bien cómo definir lo ocurrido.

«¿Una aventura? ¿Un rollo de una noche? ¿O tal vez una canita al aire?», se preguntó en silencio.

No obstante, sí había algo que tenía claro como el agua: no estaba dispuesta a perder la cabeza por él. Se había metido en todo aquello con los ojos bien abiertos y, a pesar de saber muy bien quién era Alec había compartido su cama, así que no era momento de exigir explicaciones y compromiso.

–Es mejor que no lo sepa –admitió Charlotte–. Pero no quiero mentirle. Mi abuelo… –se detuvo.

No había razón para complicar todavía más las cosas. Su abuelo no tenía por qué enterarse de nada. En realidad, nadie tenía por qué enterarse de nada.

–¿Cuánto hace que trabajas para el embajador?

–Desde que era muy jovencita. Empecé ayudando en el despacho y, después, tras terminar la universidad, empecé a trabajar a tiempo completo. Y cuando su asistente ejecutiva lo dejó para casarse, yo ocupé su lugar temporalmente.

–¿Y cuándo fue eso?

–Hace tres años. Justo antes de conocerte.

–Ah –Alec asintió con la cabeza–. Roma. Deberías haberte quedado la llave ese día.

–De acuerdo. Y entonces me habría convertido en portada de todas las revistas, habría arruinado el prestigio de mi familia y, además, me habrían echado del trabajo.

Alec hizo una pausa.

–Eso habría sido terrible, ¿no?

–Lo habría sido. Me pusiste en una situación muy difícil.

–Entonces, menos mal que esperamos unos años –le dio un beso en la frente y la estrechó entre sus brazos–. Sinceramente, ahora mismo, me alegro mucho de que hayamos esperado.

Charlotte no supo qué decir. Él hablaba como si lo hubieran hecho a propósito, como si hubieran estado conectados, como si hubieran pensado el uno en el otro durante esos tres años. ¿Acaso Alec había pensado en ella después de irse de Roma? ¿Acaso se había acordado de ella a pesar de la larga lista de mujeres con las que había estado en ese tiempo?

Charlotte trató de recuperar la cordura. No podía permitirse el lujo de hacerse ilusiones.

–¿Sigue preocupado Kiefer sobre los rumores acerca de ti y de Isabella?

–Parece que hemos encontrado un aliado en Ridley Sinclair.

–¿Ah, sí? –Charlotte ni siquiera lo conocía.

–Por lo visto suele tener aventuras con las estrellas con las que comparte rodaje.

–¿Y se hospeda en la misma casa que Isabella?

Alec asintió.

–Así es.

–¿Tú crees que tendrán algo?

–Dicen por ahí que ya hay algo entre ellos. Pero el rumor podría haberlo empezado Kiefer.

Charlotte se rió.

–Creo que empiezo a tomarle algo de estima.

–Ten cuidado con Kiefer –le dijo Alec en un tono serio.

Charlotte lo miró a los ojos.

–¿Qué quieres decir?

–Quiero decir que Kiefer es muy mujeriego.

–¿Y tú no? –preguntó Charlotte, contemplando la maraña de sábanas a sus pies. La manta había caído al suelo horas antes.

–He oído que tu padre viene mañana –dijo Alec, cambiando de tema.

–Y yo he oído que Lars todavía tiene trabajo

para unos días. Pero ya quieren empezar a ensayar las escenas principales.

–¿Y eso te incomoda?

–¿Las escenas principales?

–Ver a tu padre. ¿Es peor que ver a Jack?

–No es lo mismo –dijo Charlotte, escondiéndose de la brisa fresca bajo las sábanas.

Alec estiró el brazo y recogió la manta para extenderla sobre ambos.

–Gracias –dijo Charlotte, cómoda dentro de su crisálida de calor.

–Tu padre…

–Es divertido. Creo que siempre supe que David era un padre terrible. Incluso cuando mi madre vivía, nunca estaba en casa. Y cuando murió, de verdad pensé que sería Jack quien se haría cargo de mí.

–¿Cuántos años tenía Jack entonces?

–Nueve. Pero parecía muy seguro de sí mismo y responsable. Él me daba de comer, me leía cuentos por la noche… –sonrió al recordar aquellos momentos dulces.

–Y entonces te abandonó.

–No, no lo hizo –ella sabía muy bien que no había sido culpa de Jack–. Pero durante muchos años esperé que viniera a buscarme. No sé qué se me pasó por la cabeza. Creía que podríamos vivir solos y mantenernos aunque sólo fuéramos unos niños. Es absurdo, ¿verdad?

Alec estiró la manta y la arropó con ella.

–Sólo eras una niña pequeña.

–Una niña a la que le llevó mucho tiempo despertar y afrontar la cruda realidad.
 –¿Crees que estás enfadada con él?
 Ella sacudió la cabeza.
 –Lo echaba de menos. Eso es todo.
 «Y lo sigo echando de menos», pensó. Necesitaba un hermano, no un amigo, o un conocido.
 –Háblame de ti y de Raine –Charlotte sabía que debía volver a su habitación antes de que regresaran todos, pero no tenía ganas de irse. No quería que todo terminara tan deprisa–. ¿Tú cuidabas de ella? ¿Le gastabas bromas? ¿Os rebelabais contra vuestros padres?
 Alec se echó a reír.
 –Yo era la peor pesadilla de Raine.
 Un ruido ensordecedor sacudió la mansión y llamaradas de color naranja iluminaron los cielos. Alec se arrojó encima de Charlotte para protegerla.
 –¿Qué demonios...? –masculló, mirando hacia la ventana.
 Charlotte parpadeó al ver el fuego. Un espeso humo ascendía hacia el cielo.
 –¿Te encuentras bien? –le preguntó él.
 Le pitaban los oídos, pero aparte de eso se encontraba bien.
 Alec saltó de la cama, fue hacia la ventana y se puso los pantalones rápidamente.
 –¡Uno de los camiones está ardiendo!
 –¿Ha explotado? –Charlotte se levantó de la cama y buscó su ropa.

Alec marcó el número de emergencias en el móvil y fue hacia la puerta del dormitorio.

–¿Estarás bien? –le preguntó a Charlotte antes de marcharse.

–Sí, claro.

Las sirenas de los bomberos ya se oían en la distancia y los gritos de la gente inundaban el jardín.

Rogando que nadie hubiera sufrido daños, Charlotte se vistió a toda prisa y bajó las escaleras rápidamente a ver si podía ser de ayuda.

El jardín frontal parecía la zona cero de un desastre. Los miembros del equipo corrían a socorrer a los que yacían en el suelo y Alec estaba en medio de todo el alboroto, gritando a sus empleados para que llevaran mantas y botiquines. Con la ayuda de los jardineros, intentaba rociar con agua los gigantescos tráilers y también una pequeña cabaña que estaba próxima al fuego.

Charlotte se paró en seco, sin saber qué hacer, y entonces miró al hombre que estaba más próximo. Tenía la cara cubierta de ceniza y se agarraba el brazo izquierdo, que estaba cubierto de sangre.

–Está herido –le dijo ella, acercándose.

Él se miró el brazo.

–Es sólo un corte.

–¿Algo más? –le ayudó a incorporarse y lo llevó al porche para que se sentara.

–Era el tráiler de efectos especiales –le dijo el herido.

Charlotte le arrancó la manga de la camisa ensangrentada. El hombre tenía un profundo corte en el antebrazo.

–Estaban preparando los efectos pirotécnicos para la escena de la batalla –dijo el hombre, conmocionado.

Charlotte miró hacia el amasijo en llamas. La silueta de Alec se divisaba delante de las llamaradas.

En ese momento llegaron los camiones de bomberos y él les hizo señas para que avanzaran al tiempo que hacía apartarse a la gente.

Los bomberos saltaron del camión y empezaron a conectar las mangueras.

Si alguien se hubiera encontrado dentro del tráiler...

Un miembro del personal de la casa apareció junto a Charlotte y ella aprovechó para quitarle un par de toallas. Humedeció una de ellas, la enroscó cuidadosamente alrededor de la herida del hombre y, con la otra, presionó el corte para cortar la hemorragia.

–¿Le hago daño?

El hombre sacudió la cabeza sin dejar de mirar a los bomberos. Las ambulancias estaban cerca.

Los ATS corrieron hacia un par de personas que estaban tiradas en el suelo y Charlotte no supo si llamarlos para que atendieran al hombre que estaba con ella.

–Puedo esperar –dijo el hombre.

–¿Seguro? –la toalla se estaba empapando de sangre.

–¿Charlotte? –era la voz de Raine. La expresión de su rostro era de total perplejidad–. ¿Qué ha ocurrido? Acabamos de volver y...

–¿Puedes hacer que venga un médico? –le preguntó Charlotte.

Raine reparó en el hombre herido.

–Claro.

Corrió a toda prisa a través del jardín y paró a una mujer uniformada, señalando a Charlotte. La mujer agarró un maletín negro y fue hacia ellos.

–Gracias –le dijo Charlotte.

–Estoy bien –afirmó el hombre herido.

–Vamos a ver como está –le dijo la ATS, retirando la toalla rápidamente.

Abrió el maletín y sacó gasas, desinfectante y esparadrapo.

–Voy a mandarlo a que le den unos puntos.

Él hombre asintió con gesto de cansancio.

–¿Qué ocurrió? –preguntó Raine.

–Un tráiler de efectos especiales saltó por los aires –le dijo Charlotte.

Raine bajó la voz.

–¿Había alguien dentro?

Charlotte miró a la ATS.

La mujer se encogió de hombros.

–Conseguimos salir –dijo el hombre–. Pudimos... –empezó a parpadear rápidamente y se puso muy pálido.

–*Mon dieu* –dijo la ATS, tumbándolo en el suelo y levantándole las piernas–. Se ha desmayado –les dijo y entonces habló por su intercomunicador–. ¿Etienne? ¿Puedes traer una camilla?

Entre los chirridos de la radio se oyó una respuesta ininteligible.

–¿Has visto a Alec? –preguntó Raine.

–Estaba ayudando a los bomberos –Charlotte escudriñó la oscuridad.

El tráiler siniestrado había quedado reducido a un montón de chatarra chamuscada, pero el resto de camiones seguía en pie, y también el cobertizo. El jardín estaba arruinado y las jardineras cercanas se habían quemado.

Charlotte sintió un hueco en el estómago. Ella era la causante de todo.

–No me lo puedo creer –dijo.

–Estas cosas pasan –respondió Raine, mirando alrededor.

El hombre que transportaba la camilla se detuvo ante ellos.

–¿Ha habido algún muerto? –le preguntó la ATS.

El otro médico sacudió la cabeza.

–Parece que había tres personas en el tráiler, pero todos salieron. Uno tiene un brazo roto. Otro sufre una conmoción. Y hay algunas quemaduras superficiales. Y éste –señaló al hombre al que estaban atendiendo, que seguía inconsciente en el porche.

–Necesitará que le den algunos puntos. Deberíamos tomarle la tensión.

Los dos médicos contaron hasta tres y subieron al hombre a la camilla.

–Estará bien –afirmó la ATS mientras le ponía las correas de seguridad.

–Gracias –dijo Charlotte.

–No es culpa tuya –dijo Raine mientras se llevaban al hombre.

–Yo le prometí a tu hermano que nada saldría mal.

–¿Y acaso provocaste la explosión?

–No.

–Entonces, Alec lo entenderá.

Charlotte vio a Alec entre la gente. Estaba charlando con el jefe de bomberos, gesticulando y hablando frenéticamente.

–Podemos replantar las flores –dijo Raine, intentando poner una nota positiva–. Quitaremos todos los escombros.

–Deberías echarme –comentó Charlotte, suspirando. No quería ser el objeto de la furia de Alec, sobre todo después de lo que había ocurrido entre ellos.

–Eres voluntaria –dijo Raine–. Creo que no podemos echarte.

–¿Crees que rescindirá el contrato?

Un enjambre de mariposas empezó a revolotear en el estómago de Charlotte cuando Alec fue hacia ellas. Su mirada tenía un matiz implacable y su boca era una línea rígida.

–Creo que estamos a punto de averiguarlo –dijo Raine.

Charlotte se acercó a su amiga en busca de protección. Su corazón latía cada vez más deprisa cuanto más se acercaba él. Tenía las manos sucias y la ropa empapada, cubierta de ceniza y sudor.

–Nadie ha resultado herido grave.

–Lo siento muchísimo –dijo Charlotte.

Alec arrugó la expresión de los ojos.

–¿Saben qué pasó? –preguntó Raine.

–Parece que fue un fallo eléctrico de los materiales pirotécnicos. Esto los va a retrasar mucho –miró a su alrededor con una expresión desolada. ¿Puedo hablar contigo a solas? –le preguntó a Charlotte.

–No es culpa suya –dijo Raine.

Alec miró a su hermana como si estuviera loca y agarró a Charlotte del brazo, pero entonces recordó que tenía las manos sucias y la soltó rápidamente.

Señaló un rincón aparte en el porche.

–Me siento fatal –empezó a decir ella tan pronto como estuvieron lo bastante lejos–. Debería haber pensado más en la seguridad. Debería haber previsto algo así.

–Tengo que preguntarte... –dijo Alec, deteniéndose y volviéndose hacia ella con gesto de preocupación más que de enfado.

–¿Qué? –preguntó Charlotte.

–Lo que pasó entre nosotros, hace un rato...

Charlotte se puso tensa y trató de hacerse a la idea de lo que estaba por venir.

–No tienes por qué decir nada, Alec. Lo entiendo. Estoy totalmente de acuerdo contigo.

Lo mejor era seguir adelante como si nada hubiera ocurrido. De hecho, podía considerarse muy afortunada si él le dejaba continuar con la película.

–¿Estás de acuerdo conmigo? –le preguntó él.

Ella asintió.

–Será nuestro secreto.

Alec se cruzó de brazos.

–Ya hemos hablado de eso.

–Sí –dijo Charlotte, asintiendo–. ¿Y entonces qué queda por hablar?

–Lo que quería preguntarte era... –miró alrededor y entonces se acercó un poco más–. ¿Quieres volver a hacerlo?

Charlotte parpadeó varias veces.

–No entiendo.

Él dio otro paso adelante.

–Ni siquiera me atrevo a tocarte aquí fuera, y no digamos besarte y abrazarte, pero lo que te estoy preguntando es si te gustaría volver a hacer el amor conmigo.

–¿Y terminar la película?

–¿Y qué tiene que ver eso?

–Bueno, yo estoy aquí por el rodaje, y acabo de destruir tu jardín.

Alec miró por encima del hombro de ella.

–La verdad es que han armado un buen lío.

–¿Nos vas a echar?
–No.
–¿Por qué?
Él suspiró.
–¿Tienes idea de lo difícil que es para mí estar aquí parado sin besarte y tocarte?
Charlotte, que sí lo sabía muy bien porque estaba librando la misma batalla, sonrió.
–Contesta a mi pregunta, por favor –dijo él, frunciendo el ceño.
–Sí.
–Bien.
–Raine nos está mirando.
–Deja que yo me ocupe de Raine –dijo Alec.

Capítulo Seis

Charlotte se quitó el vestido y se dio una buena ducha. Ya era más de medianoche, pero la gente seguía trabajando en el jardín y resultaba imposible dormir. Los ruidos se sucedían y aún había unos cuantos bomberos junto a los rescoldos humeantes.

Se puso unos vaqueros y una camiseta y se dirigió a la cocina. Una copita de brandy quizá la ayudara a cerrar los ojos.

Al pasar por delante de la biblioteca, oyó voces tras la puerta entreabierta.

Alec, Kiefer, Jack y Lars, junto con otros tres miembros del equipo, estaban sentados alrededor de una enorme mesa.

–David estará aquí mañana por la mañana para evaluar la situación –dijo Jack, guardándose el móvil.

–Por lo menos perderemos dos días de rodaje –comentó Lars, frunciendo el ceño–. Me parece que a alguno se le va a caer el pelo...

–Yo puedo traer a un equipo de construcción del proyecto de Toulouse –le dijo Kiefer a Alec.

Charlotte se encogió por dentro. Ella sabía

muy bien que Alec no quería molestar a sus empleados más de la cuenta.

–No creo que sea necesario echar a nadie –dijo Alec, mirando a Lars–. A mí me parece que van a necesitar toda la ayuda posible.

Los tres miembros del equipo se quedaron de piedra y Lars se puso rojo como un tomate.

–Y a mí me parece que usted no debería opinar.

–Ha sido mi jardín el que se ha quemado –dijo Alec–. Y no quiero que se convierta en un set de rodaje de forma permanente.

–Hay que seguir adelante –intervino Jack, dándole la razón a Alec–. A veces ocurren accidentes.

Ésa era la primera vez que Charlotte veía tomar las riendas a su hermano; algo inesperado en él.

De pronto Alec advirtió su presencia tras la puerta. Sonrió y la invitó a entrar.

–¿Y el equipo de construcción? –preguntó Kiefer.

–Si podemos contar con ellos –dijo Alec, señalando una silla a su lado.

Charlotte tomó asiento donde le había indicado.

–Mándame la factura –le dijo Jack a Kiefer.

Kiefer asintió.

Lars guardó silencio y apretó con fuerza la mandíbula.

—Si cambiamos el orden de rodaje de las escenas treinta y cinco y dieciséis, podemos ganar algo de tiempo —dijo uno de los miembros del equipo, consultando la programación del rodaje.

—¿Puedes traer a los extras mañana? —preguntó Jack.

—Claro —respondió el hombre, haciendo una anotación.

—El editor no ha terminado todavía con la escena treinta y cinco —dijo Lars.

—Pues tiene ocho horas para terminarlo —replicó Jack.

—Imposible —objetó Lars.

—¿Quieres discutirlo con David mañana? —preguntó Jack en un tono cortante—. No estoy dispuesto a decirle a un hombre que viene de hacer cine independiente con un presupuesto muy bajo que nuestro editor es un divo mimado.

Alec se inclinó hacia Charlotte y le susurró al oído:

—Me parece que Jack lo tiene todo bajo control.

Ella trató de no sonreír. Siempre había asumido que su hermano era una persona pusilánime, de poca iniciativa. Sin embargo, parecía que se había equivocado completamente.

—¿Charlotte? —dijo Raine desde la puerta.

Charlotte se apartó de Alec de inmediato.

—Te estaba buscando —le dijo a su amiga, poniéndose en pie y yendo a su encuentro—. Esperaba tomarme una copa de brandy –le dijo en un tono bajo.

–Ven por aquí –le dijo Raine, señalando la cocina.

Todavía llevaba una ceñida falda negra con un top de color púrpura y Charlotte no pudo evitar preguntarse qué había estado haciendo durante la última media hora.

Se sentó frente a la mesa del desayuno mientras Raine rebuscaba en una estantería. La ventana daba al este y los destrozos del jardín no eran visibles desde esa perspectiva. Había luna llena y múltiples estrellas brillaban en el firmamento. Pequeñas farolas iluminaban algunas de las sendas del jardín posterior y a lo lejos se divisaba la piscina, más allá de unos arbustos de adelfas.

–Sé que yo tampoco seré capaz de dormir –dijo Raine, sentándose enfrente de Charlotte.

Sacó una botella de coñac y dos copas de fino cristal.

–Me alegro mucho de que nadie resultara herido de gravedad –comentó Charlotte.

–Bueno, el Alec de hoy se parecía mucho más al de siempre –le dijo Raine, sirviendo las bebidas.

–Se lo tomó muy bien –admitió Charlotte, pensando que las dos horas de sexo ardiente que habían pasado esa tarde debían de haber moderado su temperamento–. ¿Y qué estuviste haciendo con Kiefer?

–Estamos renovando las oficinas principales de Toulouse. El arquitecto quería cambiar la configuración de mi despacho.

–¿Y el problema es…?

Raine sonrió.

–Nada, en realidad. Pero no se lo digas a Kiefer.

–¿Se lo estás poniendo difícil?

Raine asintió.

–¿Sólo por diversión? –Charlotte bebió un sorbo de coñac.

–Por supuesto. La vida es demasiado fácil para Kiefer.

–¿Y para ti no?

Raine arrugó el ceño.

–No es lo mismo. Yo no tengo a todas las mujeres de Francia rendidas a mis pies.

–Pero tú eres su jefa.

–¡Ha! Me encantaría oírte decir eso con él en la habitación.

–¿Decir el qué cuando yo esté en la habitación? –preguntó Kiefer, apareciendo de repente.

Charlotte le dirigió a Raine una mirada azorada, sin saber qué decir.

–Adelante –dijo su amiga, riendo–. Venga, díselo.

Charlotte se aclaró la garganta.

–Que ella es tu jefa.

Kiefer soltó una risotada.

–No lo será hasta que sea capaz de entender

un informe financiero, redactar un contrato o desafiarme en una pelea.

–Pero soy la dueña del cincuenta por ciento de la corporación Montcalm.

–Los dos sabemos que eso es sólo un simbolismo –le dijo él, mirando la botella de coñac y sacando una copa de la estantería.

–¿Ves con lo que tengo que lidiar cada día? –le preguntó Raine a Charlotte.

–¿Tienes autoridad real? –le preguntó Charlotte, poniéndose de parte de ella.

–Claro que sí.

–Pero Alec es el director general –apuntó Kiefer–. Y no tengo ningún problema con rendirle cuentas a él.

–No sé, Kiefer –dijo Charlotte, provocándole–. Si ella te firma los cheques, entonces creo que trabajas para ella.

Kiefer se sirvió una copa.

–Cuando tenga poder para echarme, entonces empezaré a preocuparme.

–Estás despedido –dijo Raine.

Kiefer se echó a reír y levantó la copa, proponiendo un brindis.

–¿Por qué no sigues publicando esas fotos tan estupendas y dejas que me ocupe de las cosas importantes, cielo?

Los ojos de Raine escupieron fuego.

–Aquí es imposible tener algo de respeto. A ver qué piensas cuando termine la carrera –dijo, poniéndose en pie.

No obstante, Charlotte siguió mirando a Kiefer, observando la expresión de sus ojos... Y entonces, durante una milésima de segundo, vio cómo su mirada descendía hasta el escote de Raine.

—Te deseo buena suerte con ello, Raine —dijo Kiefer.

—Gracias. Me encantará poder restregártelo en la cara.

—¿Y de qué trata la carrera que estás estudiando? —le preguntó con ironía—. ¿De moda? ¿Bellas Artes?

—Por eso soy editora de una revista.

Él fingió observar la copa de coñac.

—Por cierto... —levantó la vista—. El mes pasado las ventas bajaron bastante.

—Eres un imbécil.

—Oye... —le dijo, fingiendo inocencia—. No dispares al mensajero.

—No me pidas esto, Alec —desde el balcón del despacho de Alec, Kiefer contemplaba las labores de la cuadrilla de albañiles que trabajaba en el jardín siniestrado.

—Sólo serán un par de días —dijo Alec desde la puerta, sin entender por qué se negaba Kiefer—. Llévala a las oficinas de distribución. Reúnete con los ejecutivos.

—Pero Raine no me necesita allí.

—Quiero que me pongas al día sobre el negocio de la revista. Tú mismo dijiste que las ventas disminuían.

–Sólo un poco.

Alec salió al balcón y se paró junto a su segundo de a bordo.

–Me necesitas aquí –dijo Kiefer.

–No.

–O en Toulouse.

–¿Y de qué me sirves en Toulouse? Las oficinas están patas arriba y todo está en obras.

–Entonces, en Tokio. Mándame a Kana Hanako.

–Quiero que ayudes a Raine.

La verdad era que Alec quería que Kiefer mantuviera a Raine alejada de Château Montcalm durante un par de días. Ésa era la única forma de pasar un poco de tiempo a solas con Charlotte.

La estrategia era un poco ruin por su parte, pero ya había utilizado a Kiefer en misiones aún menos loables en el pasado.

Kiefer contrajo la expresión y golpeó la barandilla con fuerza.

–Bueno, ya puestos, ¿por qué no me echas? –dio media vuelta y entró en el despacho.

Alec sacudió la cabeza.

–¿Qué? –se volvió hacia Kiefer.

–Adelante. Échame por negarme a cumplir una orden –le dijo, desafiándolo.

–Yo no... –Alec entró–. Escucha, ya sé que Raine no te vuelve precisamente loco, pero...

Kiefer se echó a reír.

–¿Qué tiene tanta gracia? –preguntó Alec.

–¿Que Raine no me vuelve precisamente loco? –Kiefer dio un paso adelante y sacudió la cabeza con gesto perplejo–. ¿Crees que me niego porque no soporto a Raine?

–¿Y por qué si no?

Kiefer miró a su amigo fijamente.

–¿Kiefer? –insistió Alec.

–Raine me vuelve loco.

Alec no comprendía lo que ocurría.

Kiefer volvió a soltar otra risotada fría y sarcástica y apretó los puños.

–Preferiría que me echaras por negarme a cumplir una orden que lo hicieras por acostarme con tu hermana.

–¿Eh? –Alec se quedó sin palabras.

–Tu hermana es maravillosa, Alec. Es preciosa y…

–Pero si estáis discutiendo todo el tiempo…

–Eso es porque si dejamos de discutir… –Kiefer se detuvo.

Alec trató de organizar sus pensamientos.

–La conoces desde hace años. Seguro que no te será difícil mantener las manos lejos de ella durante un par de días más.

–Nunca hemos viajado juntos y solos.

–Eso es una tontería.

–Ella ha estado enamorada de mí desde que tenía dieciocho años –dijo Kiefer–. No soy estúpido. Trata de esconderlo, porque se odia a sí misma por ello…

–Entonces, te dirá que no –dijo Alec–. Y yo sé que tú respetarás su decisión. Si intentas algo, Raine te rechazará.

–No cuentes con ello.

Alec sintió una avalancha de rabia repentina. ¿Acaso le estaba diciendo que tenía pensado seducir a su hermana?

–Échame ahora –dijo Kiefer, levantando las manos con impotencia.

–Nadie va a echar a nadie.

–Entonces, olvídate del viaje.

–No puedo olvidarme del viaje.

–¿Y por qué no? Sólo fue una caída minúscula. Si insistes, lo estudiaremos. Pero podemos llamar a la central. Ni siquiera merece la pena gastar el combustible del jet en... –Kiefer se detuvo, bajó la cabeza y entonces levantó la vista hacia Alec y sacudió la cabeza, indignado–. Necesitas que Raine esté alejada de la casa.

Alec no pudo mentirle, así que guardó silencio.

–Es por Charlotte, ¿no? Quieres que me ocupe de Raine para que puedas seducir a Charlotte –dijo Kiefer, golpeando la mesa con los nudillos–. Charlotte también tiene un hermano, ¿sabes?

–Jack no tiene nada que ver con esto. Charlotte es una mujer adulta.

–Sí. Y Raine también.

Alec no tuvo más remedio que asentir. La vida amorosa de su hermana no era de su incumbencia y, pasará lo que pasara entre Kiefer y ella, no era asunto suyo.

—Sí —respondió Alec finalmente—. Lo es.

Los dos hombres se miraron en silencio.

—¿Todavía quieres que me la lleve de viaje por Europa?

—Si lo que dices es verdad —dijo Alec—, creo que ya es hora de que lo resolváis de alguna forma.

Kiefer asintió.

—¿Puedo contar con tu respeto hacia ella? —añadió Alec.

—Por supuesto. Ella decide —dijo Kiefer.

—Algo que me suba la moral —dijo Charlotte, admirando el contenido del enorme armario de Raine.

—¿Y qué te parece una chaqueta? —preguntó Raine, agarrando un par de perchas—. ¿Clásica? ¿Corta? —le enseñó las dos.

—¿Tienes algo blanco? —le preguntó Charlotte—. Creo que el blanco es impactante.

—Sí, sobre todo si corres el riesgo de ensuciarte entre un montón de escombros humeantes.

—Exacto —Charlotte examinó las faldas de Raine—. Me gusta parecer seria y profesional.

Raine bajó la voz.

—¿Estás nerviosa?

Charlotte se encogió de hombros.

–Isabella y Ridley vienen hoy al rodaje. Y también vendrá David.

–Tu padre, David.

–Eso es. Mi padre, David. Y Devlin y Max, mis dos primos, no tardarán mucho en venir.

Raine se volvió y ladeó la cabeza.

–¿Sabes una cosa, Charlotte? Eres una mujer increíblemente inteligente, muy hermosa y exitosa.

–Gracias.

–Lo digo de verdad. No tienes nada que demostrar y no deberías permitir que te hicieran esto.

Charlotte reparó en una falda blanca de tablas.

–Deberían ser ellos quienes se preocupen por causarte una buena impresión a ti.

Charlotte se echó a reír.

–Ellos son los Hudson de Hollywood. Impresionan a la gente con sólo respirar.

Alguien llamó a la puerta.

–Adelante –dijo Raine.

La puerta se abrió.

Era Kiefer.

–¿Estáis presentables? –preguntó, mirando hacia la ventana.

–No. Estoy desnuda –dijo Raine desde dentro del armario–. Por eso te invité a entrar –pasó por delante de Charlotte. Su actitud se había vuelto sarcástica enseguida.

Charlotte escondió la sonrisa. A veces Raine

exageraba demasiado su desprecio para disimular la atracción que sentía por él.

—Sólo trataba de ser un caballero —dijo Kiefer, frunciendo el ceño.

—¿Y cómo es que has empezado ahora? —preguntó Raine en su tono más incisivo.

Charlotte salió del armario.

—Tu hermano quiere que vayamos a Roma —dijo Kiefer.

Raine levantó las cejas.

—¿Nosotros?

—Tú y yo. Y también a París y a Londres. Está preocupado por la caída de las ventas.

—Dile que ya me ocuparé de eso. Charlotte está aquí y no me voy a Roma.

—Alec insiste —dijo Kiefer—. Créeme cuando te digo que la idea me entusiasma aún menos que a ti.

—Lo dudo mucho —dijo Raine.

—Quiere que hablemos con los distribuidores de la revista y que elaboremos un plan de acción.

—¿Y por qué ahora?

—Porque es precisamente ahora cuando los números caen.

Raine suspiró.

—Vamos —dijo Kiefer, mirando las tres chaquetas que sostenía sobre el brazo—. A lo mejor puedes ir de compras.

Raine sonrió de pronto.

—Qué gran idea —dijo con ironía, y se volvió

hacia Charlotte–. Puedes venir con nosotros. Via Condotti. Via Frattina. Será muy divertido.

–No creo que... –empezó a decir Kiefer, pero Raine le hizo detenerse levantando abruptamente una mano.

–Está decidido –dijo–. Si vas a arrastrarme a Roma, entonces Charlotte vendrá conmigo.

A Charlotte no le pareció mal la idea. Definitivamente, necesitaba salir de allí unos días y despejarse un poco. Además, así podría librarse del clan Hudson casi al completo.

En ese momento Alec se detuvo en el umbral. Su expresión era impasible, pero había llamas refulgentes en su mirada.

–Buenas noticias –dijo Raine.

Alec se quedó perplejo.

–Charlotte va a venir con nosotros. Iremos de compras.

Alec fulminó a Kiefer con la mirada.

–Ha sido idea de Raine –dijo Kiefer, defendiéndose.

–Charlotte no puede ir contigo. Tiene que quedarse a supervisar el rodaje.

Raine sacudió una mano, restándole importancia a sus palabras.

–No está en una cárcel. Además, ¿acaso queda algo que volar por los aires?

–¿Cómo puedes decir una cosa así? –dijo Kiefer, indignado.

–Necesito que Charlotte se quede aquí –afirmó Alec.

Charlotte no tardó en darse cuenta de que él iba a quedarse y bastó con un furtivo cruce de miradas entre Kiefer y él para hacerla entender lo que ocurría. Era una trampa. Kiefer tenía que quitar a Raine del medio para que no se interpusiera entre ellos.

No podía engañarse a sí misma. La idea de pasar tiempo con Alec la entusiasmaba mucho, pero tampoco podía obviar el hecho de que él parecía ser capaz de llegar a extremos insospechados para conseguir sus caprichosos propósitos.

—Creo que prefiero irme a Roma —dijo, lanzándole una mirada desafiante.

—¿Lo ves? —dijo Raine—. La pobre tiene que renovar el armario.

—Sí —afirmó Charlotte—. Esta pobre necesita renovar su armario.

Alec la taladró con la mirada, pero ella se mantuvo firme. No estaba dispuesta a ser parte de sus maquinaciones.

—Muy bien —dijo él finalmente—. Yo también voy.

Charlotte se llevó una gran sorpresa y, a juzgar por las expresiones de sus rostros, Kiefer y Raine también.

—Eso es una tonte... —la mirada de Alec no dejó que Kiefer terminara la frase—. Una idea buenísima —dijo el vicepresidente, en cambio—. Los cuatro, de compras en Roma. ¿Qué podría ser más divertido?

Charlotte no lo tenía tan claro, pero ya no había quién echara atrás los planes.

Decidió no darle ni un respiro a Alec y, mientras Kiefer y Raine se entrevistaban con el distribuidor de la revista en Roma, se lo llevó de compras a la zona comercial. Juntos recorrieron las boutiques más exclusivas y compraron todo lo que ella necesitaba: vaqueros, chaquetas, vestidos de cóctel, un traje formal para sus compromisos como asistente en la embajada y también un nuevo bolso de mano y algunas piezas de joyería.

–¿Lencería? –le preguntó Alec, mirando con ojos escépticos el discreto cartel situado sobre la puerta de cristal de la entrada de un comercio.

Había tenido mucha paciencia hasta ese momento, pero ella no parecía dispuesta a dar su brazo a torcer; ni siquiera le había dejado pagar las compras.

–Una chica necesita prendas íntimas, ¿no? –le dijo ella.

–¿Crees que tiene gracia?

En realidad Charlotte creía que sí.

–¿Te sientes intimidado? –le preguntó en un tono provocador.

–¿Por la ropa interior de mujer? Vamos… –empujó la puerta y se apartó para dejarla entrar primero.

Mientras Charlotte escogía las prendas, Alec encontró un asiento en una pequeña zona de descanso y se sentó a leer una revista. Uno de los dependientes le ofreció un café y él lo aceptó con gusto, dispuesto a levantar la taza en honor de Charlotte.

Primero eligió una elegante bata de satén hasta los pies, pero a él no pareció convencerle demasiado, así que Charlotte señaló un horroroso sostén rosa con ribetes de piel blanca y, como era de esperar ante una prenda tan vulgar, él levantó la vista al cielo.

Y entonces encontró un camisón corto de seda morada con encaje por delante y tirantes muy finos; una prenda distinguida y discreta a la que Alec le dio su aprobación levantando el dedo pulgar.

Sin embargo, él quería tomarse la revancha por lo del sostén rosa, así que le señaló un camisón de encaje negro con un escote escandaloso y un tanga a juego.

Charlotte fue hacia el conjunto con gesto desafiante, quitó la percha de un tirón y se fue a buscar otras prendas más prácticas para el día a día, dejándolo con una sabrosa sonrisa en los labios.

—Ni hablar —le dijo al volver.

Él la esperaba junto a la caja registradora con la tarjeta de crédito en la mano.

—Me toca.

—No me vas a comprar la ropa.

El dependiente los miraba con perplejidad.
–Yo la voy a disfrutar tanto como tú.
–No si sigues con esto –dijo ella.
El empleado apenas pudo esconder la sonrisa.

Alec titubeó y Charlotte aprovechó para poner su propia tarjeta en la palma del dependiente.

–He ganado –le dijo.

Pero entonces él reparó en el camisón negro con el tanga a juego, que estaba sobre el mostrador.

–No necesariamente –dijo.

Tal y como habían hecho con las otras compras, pidieron que se las enviaran al hotel.

–¿Hemos terminado? –le preguntó él al salir de la tienda.

Charlotte fingió considerarlo un momento.

–Creo que tendré bastante para unos días.

–Todavía nos quedan Londres y París –le recordó él.

–Entonces, he terminado por ahora –dijo ella con decisión.

–Gracias a Dios –respondió Alec, llevándola hacia el lado sur de la calle.

–Si no te gusta ir de compras, ¿por qué has venido?

–Porque tú no quisiste quedarte en casa conmigo –le dijo él.

Ella parpadeó, sorprendida.

–¿Se supone que tenía que quedarme en casa?

—¿Tienes idea de lo difícil que me resultó convencer a Kiefer para que quitara a Raine de en medio?

—No creo que haya sido tan difícil. Está loco por ella.

—¿Y tú cómo lo sabes?

Charlotte reprimió una risotada.

—Es evidente. Bueno, para todo el mundo excepto para Raine. A ella también le gusta él, ¿sabes?

—Eso he oído.

—Vaya. ¿Estás haciendo de casamentero? —preguntó ella.

—Quiero estar contigo a solas. Lo que ellos hagan me trae sin cuidado.

—Y, aquí estamos, solos.

—Me lo has puesto muy difícil.

—Te está bien empleado. ¿Cómo has podido deshacerte de tu propia hermana de esa manera?

—Es evidente que pierdo todos los escrúpulos cuando se trata de ti.

—Espero que te merezca la pena.

Él bajó el tono de voz a un mero susurro.

—Oh, sé que sí.

Mientras Charlotte trataba de restarle importancia a sus palabras, avanzaron en silencio por la estrecha calle adoquinada entre otras parejas y familias que disfrutaban de un apacible día de compras bajo el sol. Al doblar una esquina se encontraron con el Tíber.

Alec señaló un puerto deportivo donde estaban atracados unos enormes y lujosos yates.

–Deberíamos alquilar un barco.

–Estás de broma.

–Tienes que ver el río, sobre todo al atardecer. Los puentes, las estatuas, la Basílica de San Pedro y el Castillo de San Angelo. Son magníficos.

–Mira –dijo ella–. Hay un café con terraza. Podemos contemplar el río por el precio de una taza de café.

Alec se volvió hacia ella y la miró con ojos confusos.

–¿No quieres navegar?

–¡No quiero alquilar un yate!

–Es sólo dinero.

Ella le agarró de la mano.

–Vamos a por una taza de café y después seguiremos andando.

–¿Café? –repitió él, obviamente decepcionado.

Ella asintió y señaló hacia la pequeña cafetería.

Encontraron una pequeña mesita de metal con sillas a juego y las mejores vistas al río. La brisa proveniente del agua era fresca y agradable, y una barcaza navegaba a lo largo de la corriente mientras los coches atravesaban un enorme puente elevado.

Antes de sentarse, Alec se quitó la chaqueta y la puso sobre los hombros de Charlotte.

–Gracias –dijo ella, sonriendo.

Él le pidió las bebidas al camarero y tomó asiento.

–Estás distinta –le dijo de repente, mirándola fijamente.

–¿En qué sentido? –preguntó ella. El calor corporal de Alec aún persistía en su abrigo, acogedor y envolvente.

–Distinta a todas las mujeres.

Ella empezó a juguetear con los cubiertos.

–¿Y eso es bueno o malo?

Alec se recostó en el respaldo del asiento.

–Desde que me incluyeron en la lista de *Forbes* de los hombres más ricos del mundo, me he convertido en un jugoso premio para todas las cazafortunas de este planeta, mujeres que creen que el dinero les dará la felicidad.

–¿Y tienen razón?

Alec arrugó el ceño.

–¿Las mujeres?

Un barco de turistas hizo sonar la bocina y unos jóvenes que estaban de fiesta empezaron a saludar y a gritar.

Charlotte les devolvió el saludo.

–*Forbes*.

–¿Sueles leerla?

–No. Pero tu casa y tu jet privado me han convencido de que eres un buen partido.

Él sacudió la cabeza.

–¿Tienes idea del tiempo que hace desde que una de mis citas se pagó su propia ropa?

Charlotte no pudo evitar sonreír.

—¿Les compras la ropa a tus citas?

—Les compro muchas cosas.

—¿Y no se te ha ocurrido pensar que esto te lo estás buscando tú solo?

—¿Y a ti no se te ha ocurrido pensar que muchas mujeres son unas aprovechadas?

Charlotte no supo qué contestar a eso.

Probablemente tuviera razón, por lo menos en lo referente a las mujeres con las que había estado.

—No todas las mujeres están interesadas en tu dinero.

El camarero se detuvo junto a su mesa y les sirvió dos tazas de café, acompañadas de unos exquisitos pasteles espolvoreados con chocolate.

El olor de los dulces hizo rugir el estómago de Charlotte, que llevaba mucho tiempo sin probar bocado. Metió los brazos en las mangas del abrigo de Alec y escogió un dulce relleno de nata con una guinda encima.

—Esto sí que me lo puedes comprar cuando quieras —le dijo.

—¿Y ése es el secreto? —le preguntó Alec al tiempo que escogía un cruasán azucarado.

Charlotte asintió con entusiasmo.

—Si me conquistas por el estómago, seré tuya para siempre.

Algo brilló en las profundidades de los ojos de Alec y ella se arrepintió enseguida de lo que acababa de decir. No habían llegado mucho más lejos después de aquella aventura de una noche y no podía dejarle creer que albergaba otras expectativas.

Él la miró durante unos largos segundos.

—Me alegro de saberlo —dijo sin más.

—Claro —dijo ella, agitando el pastel que tenía en la mano—. Lo malo es que pronto no me cabrá la ropa.

Él sonrió.

—Eso no me preocupa. Además, tienes el trasero demasiado delgado.

—¿Lo dices en serio? —preguntó ella, fingiendo enojo.

Alec se echó a reír.

—Las curvas no tienen nada de malo.

—Si te oyera Lesley Manichatio...

—Ya se lo he dicho.

—Muy bien.

Él se encogió de hombros y ella añadió:

—¿Conoces a Lesley Manichatio?

—Nosotros llevamos sus marcas en Esmee ETA.

—Espera un momento —dijo Charlotte, dejando el pastel y limpiándose con una servilleta—. ¿Tú eres el dueño de Esmee ETA?

—Sí.

—¿De las tiendas? ¿De la cadena?

—Sí —repitió él.

—¿Alec?

—¿Sí?

—Eres un partido tremendo.

–¿Quieres replantearte lo del paseo en barco?
–Ni hablar.
Él sonrió.
–Por lo menos, cómete el pastel.
Charlotte lo agarró de nuevo.
Era de esperar que se volviera tan paranoico. No tenía forma de saber si las mujeres lo querían por sí mismo o por su dinero y, si bien podía hacer una separación de bienes, la duda persistiría para siempre. Si él pagaba todas sus facturas, una mujer podía fingir amor durante mucho, mucho tiempo...

Capítulo Siete

El sol se ocultaba tras el horizonte y Alec contemplaba las luces centelleantes que subían y bajaban a lo largo del cauce del Tíber. No tenía ninguna prisa por marcharse del café, ni quería compartir a Charlotte con nadie más.

–Es precioso –dijo ella, contemplando las vistas–. ¿Verdad?

Alec la agarró de la mano y deslizó lentamente el pulgar sobre sus suaves nudillos hasta llegar a la palma.

–Deja que te lleve a navegar.

Ella lo miró con angustia.

–No pienses en el dinero –susurró él. Y entonces se llevó su mano a los labios y le dio un beso en la cara interna de la muñeca–. Quiero estar a solas contigo, y no se me ocurre un sitio más íntimo que un barco en el río.

Ella miró hacia el puerto deportivo y Alec, sabiendo que ya la tenía casi convencida, aprovechó la oportunidad para llamar al camarero.

–¿Tiene el número de teléfono del puerto deportivo? –le preguntó.

El hombre asintió y se retiró.

–No he dicho que sí –dijo Charlotte.

–No con los labios. Pero me has dicho que sí con los ojos.

–Eso es mucho decir.

Él sacudió la cabeza.

–Yo sé leer las miradas de las mujeres desde hace mucho tiempo.

–Estás hecho todo un fanfarrón.

–No será para tanto.

El camarero volvió con el número escrito en un pedacito de papel. Alec llamó de inmediato y pidió un yate con tripulación.

–Tenemos que cenar en algún sitio –le dijo, levantándose de la silla.

–¿Va a ser una cena en el agua? –preguntó ella.

–Va ser lo que tú quieras que sea.

El *Florence Maiden*, único yate disponible, era un barco de noventa y cinco pies de eslora. Tenía una tripulación de cinco miembros, un chef, una bodega muy bien equipada, tres habitaciones a todo lujo, un salón comedor y un jacuzzi en la cubierta posterior.

Charlotte respiró hondo.

–No me importaría nada cenar en ese barco –dijo.

Alec le ofreció la mano y la ayudó a levantarse.

–Así me gusta.

Tomados de la mano bajaron por varios tramos de escalera hasta llegar a la verja del puerto, donde Alec tuvo que identificarse ante el guardia de seguridad.

—Muelle 27B –le dijo el empleado–. Que pasen una buena tarde.

Charlotte, que todavía llevaba la chaqueta de Alec, se agarró a su brazo y juntos fueron hacia el muelle flotante. Ya estaba oscuro, pero las luces del Castillo de San Angelo parecían brillar más que nunca al otro lado del río.

—Por aquí –dijo Alec al ver un cartel y señaló a la izquierda.

Charlotte dio media vuelta y fue con él. Los yates, de un blanco refulgente, estaban amarrados a ambos lados del puente oscilante.

—No me digas que es el del final.

Alec ya podía ver el nombre pintado a un lado del casco.

—Era el que estaba disponible.

—De verdad que no hay quien se fíe de ti –le dijo ella, bromeando.

El capitán los estaba esperando al final del muelle para darles la bienvenida a bordo, y en cuanto Charlotte puso un pie dentro del barco, se disiparon todas las nubes de Alec.

Tomaron asiento en unos mullidos butacones de exteriores y el camarero no tardó en llevarles la carta de vinos. Alec enseguida escogió un merlot.

—Deberíamos llamar a Raine –dijo Charlotte.

—¿Y por qué?

Después de lo mucho que le había costado separarla de la manada, no estaba dispuesto a dar un paso atrás.

De pronto sonó la bocina del barco y los motores empezaron a rugir para dar marcha atrás.

–Podría estar preocupada –dijo Charlotte.

–Tiene mi número de teléfono. Y el tuyo también. Supongo que llamaría si necesitara algo.

–Probablemente pensarían cenar con nosotros.

–Lo superarán.

El camarero regresó para descorchar la botella de vino y se lo dio a probar a Alec. Éste cató el caldo y asintió con la cabeza.

–Pueden disfrutar de una cena italiana de siete platos con *gamberi al limone* y *rigatoni alla Caruso*. Pero si prefieren la cocina francesa, el chef ha preparado unos deliciosos *petits tournedós aux poivre vert* acompañados de la *salade du Montmartre*. Y también pueden optar por un asado de *filet mignon* con champiñones de Portobello y una ensalada César tradicional.

Alec miró a Charlotte.

–¿Qué podemos tomar estando aquí en Roma?

–La cena italiana parece perfecta –dijo Charlotte, dirigiéndose al camarero.

Cuando éste se retiró ella se inclinó hacia Alec.

–Esperemos que la pasta aumente el volumen de mi trasero.

Alec se inclinó hacia ella y habló en un tono de complicidad.

–Ya te lo diré luego.

–Pareces muy seguro de ti mismo.

Él miró a su alrededor: la luna, el agua, las

luces de la ciudad… y Charlotte envuelta en su chaqueta y bañada por el sutil resplandor de las luces del barco.

–Hasta ahora todo va bien –le dijo, bebiendo un sorbo de vino.

–Es agradable huir de las multitudes –comentó ella–. Del ruido…

–De las explosiones.

–Lo siento.

–¿Has visto a tu padre esta mañana?

Ella sacudió la cabeza.

–Se suponía que llegaba hoy, ¿no?

Charlotte levantó la vista hacia una nube que ocultaba la luna momentáneamente.

–Sí.

–Pero no te quedaste a recibirlo –dijo Alec.

Charlotte miró hacia la proa del barco.

–No tenía ganas.

Alec estudió su delicado perfil unos segundos.

–No querías verlo.

–Te lo dije. No es lo mismo que con Jack. David me trae sin cuidado.

–¿Y qué pasa con el resto de la familia?

–¿Qué quieres decir?

–Tus primos Dev y Max iban a llegar hoy, e Isabella debía de estar en el plató. ¿No quieres conocerlos mejor?

Charlotte contrajo la expresión de la cara.

–Te escapaste, ¿no es así?

Ella levantó una mano, restándole importancia a sus palabras.

—Necesitaba algo de ropa nueva.

—Podrían haberte traído algo de ropa directamente desde tu casa.

Ella esbozó una sonrisa maliciosa.

—¿Y eso qué tiene de divertido?

—Charlotte... —Alec insistió—. ¿Tienes miedo de tu familia?

—Para ti es distinto.

—Pero la sangre es la sangre.

Él tenía docenas de tías, tíos y primos por toda la Provenza y las reuniones familiares de los Montcalm siempre eran acontecimientos alegres y bulliciosos que siempre tenían un significado, aunque no pudieran verse con mucha frecuencia.

Al sentir la brisa marina, Charlotte se cerró un poco más la chaqueta.

—Dijiste que echabas de menos a Jack —señaló Alec, intentando ahondar en sus sentimientos—. Ahora es tu oportunidad de conocerlo mejor.

Unos nubarrones grises se asomaron en las pupilas de Charlotte.

—Es complicado.

—Siempre lo es. ¿Quieres que te cuente lo de la aventura de mi tío Rudy con la vecina de al lado, la prima Giselle? O quizá prefieras la historia del tío Leroy, que desheredó a su hijo mayor, Leroy, al enterarse de que era gay. A mí no hace falta que me cuentes lo que es una crisis. Mi teléfono no paró de sonar durante semanas —Alec respiró hondo.

–Por lo menos los conoces bien –dijo Charlotte.

–No tanto –había miembros de su familia a los que veía una vez al año solamente.

–Y... –Charlotte soltó una carcajada–. No te dejaron abandonado.

Alec guardó silencio.

–Nadie os miró a Raine y a ti y dijo: «Bueno, creo que nos quedamos con Raine y nos deshacemos de Alec» –añadió en un tono herido.

–Seguro que no...

–Tengo un padre, una tía, un tío, dos abuelos, un hermano y cuatro primos en la parte Hudson de la familia, pero ninguno de ellos, ninguno, pensó en quedarse conmigo –cerró los ojos, sacudió la cabeza y bebió un sorbo de vino.

–Yo estaba equivocado –afirmó Alec al notar las intensas emociones que sacudían su rostro–. No sientes miedo, sino rabia –asintió para sí–. Eso tiene mucho más sentido. Y tienes todo el derecho del mundo a estar enfadada con ellos.

Charlotte levantó la copa para recalcar sus palabras.

–Mis abuelos me cuidaron muy bien.

–Sin embargo, siempre albergaste la esperanza de que Jack fuera a buscarte. Pero nunca lo hizo.

–Él sólo era un niño pequeño.

–Pero las emociones no tienen nada que ver con la lógica –Alec se levantó de la silla, cruzó la cubierta y se agachó al lado de la silla de Charlotte–. Si pudieras controlar tus emociones con la lógica, ¿crees que estarías aquí?

Ella lo miró a los ojos con intensidad.

–Es un riesgo, tú y yo. Para ti es tu reputación, y para mí... –dejó escapar una ligera risa–. Bueno, las típicas razones de siempre. Además, eres amiga de Raine y ella me matará si te hago daño.

–Nadie va a hacerme daño.

–Desde luego –dijo Alec con sinceridad.

Él podía ser muy narcisista y egoísta, pero nunca se proponía hacerle daño a nadie deliberadamente. Siempre trataba de escoger a mujeres independientes y seguras de sí mismas, pero, por desgracia, la mayoría de las veces resultaban ser cazafortunas sin escrúpulos a las que la ruptura financiera afectaba infinitamente más que la pérdida emocional.

En ese momento se acercó el camarero con el primer plato. Alec se puso en pie y volvió a su silla.

No sería fácil ahuyentar los fantasmas que la atormentaban, pero él estaba dispuesto a estrecharla entre sus brazos y calmar el dolor que la consumía.

El agua del jacuzzi burbujeaba alrededor del cuerpo desnudo de Charlotte. Las luces subacuáticas se reflejaban en las paredes azules e iluminaban su pálida tez, que a su vez contrastaba con la piel bronceada de Alec. Él tenía los brazos alrededor de su cintura y la abrazaba con pasión.

¿Enfadada con los Hudson? Al principio había rechazado la teoría de Alec. Ella siempre había sido capaz de mantener las emociones bajo control, tal y como le habían enseñado sus abuelos, siempre comedidos y moderados en su forma de sentir. Ella siempre había sido una persona cabal y analítica, poco dada a los arrebatos de rabia.

Sin embargo, un pensamiento puntiagudo no había dejado de aguijonearla durante toda la cena. ¿Acaso Alec tenía razón? ¿Acaso se había pasado los últimos veintiún años reprimiendo su furia? ¿Era ése el motivo por el que se le agarrotaba el estómago al pensar en los Hudson?

Siempre se había sentido como una forastera en su presencia y en ocasiones sentía celos de la familiaridad con que se trataban sus primos y hermano, pero... ¿Acaso había algo más?

—Deja de pensar —le susurró Alec al oído al tiempo que le daba un beso en la frente y la abrazaba con más fuerza.

Estaba acurrucada en sus brazos, dentro del agua templada. Él había pedido que no los molestaran, así que estaban solos en la cubierta, escondidos tras una mampara de cristal traslúcido. Las nubes llevaban más de una hora acumulándose y las luces de la ciudad se habían vuelto borrosas con las primeras gotas de lluvia, que ya empezaban a caer dentro de la bañera.

Charlotte se acurrucó un poco más contra el cuerpo de Alec. Entre sus brazos jamás se sentía como una forastera, sino que era el centro del universo; un universo donde sólo existían ellos dos.

La lluvia se hizo más intensa y unos enormes goterones empezaron a impactar sobre la bañera.

–¿Quieres entrar? –le preguntó Alec.

–No, me gusta estar aquí –respondió ella, que no quería romper el hechizo.

–A mí también –la besó en el cuello y trazó una línea con los labios hasta su delicado hombro.

–Sabes muy bien.

–Es por el agua de lluvia.

–No, no lo es.

Ella ladeó la cabeza para facilitarle las caricias y Alec deslizó las manos hacia sus pechos hasta abarcarlos del todo.

–Eres tan suave... –murmuró–. Tan suave...

Charlotte echó atrás la cabeza y él le dio un beso en los labios.

–¿Ya has dejado de pensar? –le preguntó él.

–Creo que has obrado tu magia –respondió Charlotte.

Alec sonrió.

–Me gusta saber que hago magia.

Volvió a besarla, esa vez con más efusividad, y

entonces la hizo darse la vuelta para que quedara de cara hacia él.

—¿Quieres algo? —le preguntó, apretándola contra su propio cuerpo.

Ella le rodeaba la cintura con las piernas y el cuello con ambos brazos.

—¿Parte de ti? —preguntó ella.

—¿Café, brandy, el postre?

—¿Vas a llamar al camarero? —le preguntó Charlotte, mirando sus cuerpos desnudos.

—Podemos hacer que nos lo sirvan en una de las habitaciones.

—Creía que pensabas hacer otra cosa en la habitación.

Él le alisó el cabello con la mano.

—No tengo prisa... Tenemos toda la noche —le dijo con una expresión seria.

—¿Y qué pasa con Rai...?

Él puso el dedo índice sobre sus labios.

—Nadie ha llamado. Nadie va a llamar. Sólo estamos tú y yo —la miró de arriba abajo—. Eres increíblemente hermosa. Podría mirarte durante toda la noche.

—Eso es porque no puedes ver mi trasero flacucho.

—Date la vuelta.

—Creo que no.

—Ya empieza a gustarme tu trasero —metió una mano por detrás de ella y se lo apretó con fuerza—. Además, te comiste toda la pasta.

Charlotte hizo un esfuerzo para no rozarse

contra sus manos suaves, pero apenas pudo resistir aquellas caricias vigorosas y sensuales.

–La pasta estaba deliciosa.

Alec le dio un beso en la boca, buscó aquel lugar sensible entre sus piernas con las puntas de los dedos y la hizo suspirar de placer.

–¿Vamos dentro? –le preguntó.

Ella asintió con la cabeza.

La ayudó a levantarse de la bañera, la envolvió en un grueso albornoz y la llevó en brazos a la habitación de matrimonio.

El dormitorio era enorme. La moqueta, de un color crema, era mullida y suave bajo los pies, y la cama, inmensa, estaba cubierta por un edredón en tonos pastel.

Extasiada, Charlotte miraba a su alrededor con la boca abierta.

Ocho almohadas, un banco acolchado a los pies de la cama, espejos en el techo, pinturas al óleo en las paredes, lámparas de porcelana... Todo el lujo que una chica como ella podía imaginar.

Alec la apoyó en el suelo un instante mientras retiraba la manta y descubría las impecables sábanas blancas. Echó a un lado la mayoría de las almohadas y entonces tiró del cinturón del albornoz de Charlotte.

–Maravillosa –susurró al quitarle la prenda, que se deslizó suavemente sobre los hombros de ella antes de caer al suelo, a sus pies.

Ella estiró la mano y le acarició con dulzura

el pecho. Sintió su piel caliente bajo las yemas de los dedos.

Él dio un paso adelante y, agarrándola de las caderas, la besó apasionadamente.

—No quiero que esta noche termine —le dijo.

—¿Y si seguimos navegando? Por el Mediterráneo, hasta el Estrecho de Gibraltar, y nos adentramos en el Atlántico —preguntó ella.

—No me tientes.

—Probablemente enviarían a un equipo de búsqueda.

Él arqueó una ceja.

—Pero me pregunto cuántas veces podríamos hacer el amor antes de que nos encontraran —añadió Charlotte.

—Bueno, eso sí que es un desafío —dijo Alec, acorralándola contra el borde la cama.

Charlotte lo hizo caer hacia delante y, por primera vez en mucho tiempo, dio rienda suelta al desenfreno que la consumía, besándolo con frenesí y deslizando las manos a lo largo de su espalda para masajear aquellos fornidos músculos.

Giró sobre sí misma y se sentó sobre él a horcajadas, y entonces ambos gimieron al sentir el contacto de sus sexos.

Era el momento. Alec la agarró de las caderas y entró en la flor de su feminidad con su potencia masculina, poderosa y grande, desencadenando así una lluvia de chispas que recorrió el cuerpo de Charlotte de la cabeza a los pies. La agarró de las manos y, arqueando la espalda, aceleró el ritmo de sus embestidas poco a poco.

Y entonces ella se dejó llevar por la cadencia hasta que por fin el mundo se esfumó en un cataclismo de color que la hizo gritar su nombre una y otra vez.

Horas más tarde, yacían el uno al lado del otro, él boca arriba y ella boca abajo. Sus cuerpos, pesados y adormilados, no parecían querer moverse nunca más.

Como a través de una nebulosa, Charlotte le vio sacar una rosa de largo tallo del florero que estaba junto a la cama.

–He cambiado de idea… –dijo él, deslizando los pétalos por la suave curva de su cuerpo hasta el trasero–. Tienes un trasero perfecto.

Ella no pudo esconder la sonrisa.

–Tú sí que sabes hacer que una chica lo pase bien.

–Lo intento.

–No tenías por qué hacer todo esto –dijo ella–. El yate, el jacuzzi, la cena… Habría vuelto a acostarme contigo de todos modos.

–¿Quieres decir que podría haber pedido habitación en el Plaza Della Famiglia por treinta euros y que habría podido hacer contigo lo que quisiera?

Ella sonrió.

–Sí –respondió con sinceridad.

Alec miró al techo fijamente durante unos segundos y, cuando volvió a hablar, había un extraño matiz en su voz.

—Eso significa mucho para mí —hizo una pausa—. Saber que lo dices en serio.

Se apoyó en el codo y la miró intensamente.

—Pero también significa algo para mí saber que no lo hice —añadió.

Ella asintió, conmovida por su sinceridad.

—De todas las mujeres... —se detuvo durante un largo minuto, le apartó un mechón de pelo de la cara y la besó con ardor, haciéndola despertar de ese letargo de inmediato.

Mientras sus cuerpos se enredaban y bailaban al son del placer, la lluvia golpeaba incansable el cristal de la ventana, los relámpagos acuchillaban el firmamento nocturno y el yate viraba, rumbo al lugar de donde venían.

Llegaron al aeropuerto justo a tiempo para reunirse con Raine y Kiefer y subirse en el jet que los llevaría a Londres. El avión de la empresa Montcalm tenía dos áreas de descanso: una de ellas con cuatro butacones, situada en la parte anterior de la cabina, y la otra con un sofá, dos butacones y una mesa; situada en la cola.

En cuanto subieron al avión Raine se fue a sentar a la parte de atrás, en el sofá de cuero blanco. Parecía algo inquieta. Charlotte fue tras ella, preguntándose si la había ofendido quedándose fuera toda la noche. Raine y ella compartían la suite del hotel, así que ella tenía que saber muy bien que había pasado la noche con Alec.

Kiefer y él se sentaron en la segunda fila de asientos, en lados opuestos del pasillo y de cara al frente.

Mientras el capitán hablaba con Alec un camarero les ofreció bebidas. Charlotte pidió un cóctel de champán y zumo de naranja.

–¿Te encuentras bien? –le preguntó a Raine al tiempo que el avión se preparaba para el despegue.

Alec y Kiefer estaban absortos en una discusión de negocios.

–Sí –Raine asintió sin siquiera mirarla a la cara.

–¿Es por lo de la reunión? ¿Fue bien?

Raine volvió a asentir.

Los motores rugieron con estrépito y el jet ganó velocidad antes de elevarse de la pista.

Cuando el ruido remitió Charlotte se atrevió a hablar de nuevo.

–Raine, tengo que…

–Probablemente –la interrumpió Raine– te estarás preguntando por qué no aparecí anoche por el hotel –miró a los dos hombres durante una fracción de segundo–. Yo… estuve con Kiefer.

Charlotte se llevó las manos a los labios para esconder una sonrisa.

–¿Pasaste la noche con Kiefer?

Raine asintió.

–No iba a... –se retorció las manos y aferró con fuerza su bolso de mano–. Ya sé que dije que no...

–Yo dormí con Alec –admitió Charlotte, haciendo un esfuerzo por hacer sentir mejor a su amiga.

Raine se echó hacia atrás.

–¿En serio?

–Yo tampoco volví a la suite del hotel.

–¿Te acostaste con Alec?

–Shh –Charlotte comprobó que no las hubieran oído–. Sí.

–¿Entonces ni siquiera sabías que no había dormido en la habitación?

–No tenía ni idea.

–¿Entonces podría haberme salido con la mía?

Charlotte asintió.

–¿Pero te acostaste con Kiefer? ¿Qué pasó?

–Después de la reunión, fuimos a cenar. Por cierto, me pregunté por qué no llamabais.

–Y yo me preguntaba por qué no nos habíais llamado.

–Fuimos a bailar –dijo Raine–. Y, bueno...

–¿Entonces ahora sabe que le gustas?

–Ahora lo sabe.

Las dos se miraron en silencio durante un momento.

–¿Y Alec?

–Él también sabe que me gusta.

Raine asintió y esbozó una sonrisa.

De repente las dos se echaron a reír y Alec y Kiefer se dieron la vuelta.

—No pasa nada —dijo Raine.

—Cosas de chicas —añadió Charlotte.

Alec entornó los ojos y las miró de manera inquisitiva, pero Charlotte se encogió de hombros con un gesto inocente. Tenía que guardarle el secreto a Raine. Después de unos segundos, los hombres siguieron hablando.

—¿Y ahora qué? —preguntó Raine.

Charlotte no sabía qué iba a pasar desde ese momento. La noche anterior había sido de ensueño, pero un día después, a la fría luz del día, no tenía ni idea de lo que él esperaba.

—¿Y qué pasa con vosotros? —le preguntó a Raine.

—¿Sinceramente? Creo todo va a ser muy embarazoso a partir de ahora —respondió su amiga—. Fue genial, pero ahora tenemos que trabajar juntos —se cruzó de brazos y apoyó la cabeza en el reposacabezas del asiento—. Esto no puede acabar bien.

Charlotte, que la comprendía muy bien, asintió con la cabeza. Por lo menos ella se iría de la casa en unas pocas semanas y su camino y el de Alec no tendrían por qué volver a cruzarse, pero Raine lo tenía bastante más complicado con Kiefer.

Alec se levantó del asiento y caminó por el pasillo. La expresión de su rostro era seria e impenetrable.

–Kiefer quiere hablar contigo –le dijo a su hermana.

Sin atreverse a mirar a su hermano a los ojos, Raine se levantó y avanzó por el pasillo.

Alec se quedó atrás y se sentó junto a Charlotte.

–Hola –le dijo, suavizando su rostro de inmediato.

–Hola –dijo ella, sonriendo.

–¿Cómo te encuentras?

–Bien.

–¿Cansada?

–Un poco.

La tomó de la mano.

–¿Entonces qué quieres hacer en Londres?

Ella no quería hacerse ilusiones, pero no podía negar que deseaba pasar más tiempo con él.

–¿Qué quieres hacer en Londres? –dijo, repitiendo la pregunta de él.

Sin previo aviso, Alec le puso las manos sobre las mejillas y le dio un beso en los labios.

–Kiefer –dijo Charlotte en un susurro, advirtiéndole de su presencia.

–Ya lo sabe –respondió Alec, saboreando sus labios–. Esto es lo que quiero hacer en Londres.

–¿Durante dos días enteros?

–Sí.

–¿Kiefer te dijo… algo? –preguntó Charlotte con cuidado.

Alec miró hacia donde estaba sentado con Raine.

—Mira.

Charlotte volvió la cabeza. Raine estaba sentada sobre el regazo de Kiefer en el enorme butacón, riendo y charlando.

—Me siento como si estuviera en el instituto.

Él asintió con la cabeza.

—Pero con un transporte mejor y una tarjeta platino.

—Vas a intentar gastar dinero conmigo en Londres, ¿verdad?

—¿Intentar? —le preguntó él, ladeando la cabeza y esbozando una sonrisa irónica—. Ya he reservado habitación en el Ritz y también un palco en el Grand Tier de Covent Garden.

Capítulo Ocho

Charlotte se sintió como una princesa consentida durante el resto del viaje, tanto en Londres como en París. En un momento dado dejó de discutir con Alec sobre el dinero, e incluso desistió de pagarse su propia ropa.

Él podía llegar a ser muy testarudo y persuasivo.

Pero ya estaban de vuelta en la Provenza. Uno de los conductores de Alec les había llevado el Lamborghini al aeropuerto y, tras meter el equipaje en la limusina de Kiefer y Raine, habían salido a toda velocidad rumbo a la mansión Montcalm.

–Ya casi hemos llegado –dijo Alec, reduciendo marchas al ver el desvío hacia Château Montcalm.

Mientras se acercaban a la mansión y los álamos y robles se sucedían tras la ventanilla, Charlotte trató de ponerle palabras a sus sentimientos.

–¿Qué? –le preguntó él al ver que ella lo observaba con insistencia.

–Lo he pasado muy bien, Alec.
Él sonrió.

–Yo también.

Sus miradas se cruzaron un momento.

–Gracias –dijo ella con franqueza.

–De nada –respondió volviendo la vista hacia la carretera y aminorando la velocidad al ver acercarse el camino que conducía a la casa.

Charlotte dejó escapar un suspiro y se preparó para volver a la vorágine del rodaje. Los tráilers seguían donde los habían dejado y el césped aún estaba destrozado.

Alec detuvo el coche y fue a abrirle la puerta del pasajero. Charlotte se bajó y estiró el cuello y también la espalda, que estaban entumecidos después del largo viaje.

El lugar de rodaje estaba tranquilo. Sólo había algunos ayudantes de producción y guardias de seguridad merodeando por la zona y ordenando las cosas para el día siguiente.

Pero entonces Alec abrió la puerta principal de par en par y en un instante se desvaneció la quietud que reinaba en el jardín. Se oían murmullos risueños y música animada provenientes del salón de la casa, y la inconfundible voz de Lars proponía un brindis en honor de Isabella.

Charlotte sintió un nudo en el estómago de inmediato, pero antes de que pudiera decirle nada a Alec, éste echó a andar hacia las puertas del salón. Su rostro, serio y circunspecto, auguraba la tormenta que se les venía encima.

–¿Señor Montcalm? –dijo Henri, interceptándolo por el camino.

–Ahora no, Henri –rugió Alec, sin detenerse.
–Pero, señor...
–Ahora no –repitió, siguiendo adelante.

Charlotte se sorprendió. Era la primera vez que le oía hablarle así a uno de sus empleados.

–La señora Lillian Hudson ha llegado esta tarde.

Alec no mostró reacción alguna, pero ella sí. ¿Lillian estaba allí? ¿Su abuela se había presentado en el plató?

–Dada su enfermedad y avanzada edad... –recalcó Henri, yendo detrás de Alec–. Creí oportuno invitarla a pasar unos días en la casa.

Alec vaciló un instante.

–Tenía la certeza de que usted así lo habría querido de haberse encontrado en la casa –dijo Henri, intentando explicarse.

–¿Está enferma? –preguntó Alec, contrayendo la mandíbula.

–Tiene cáncer –respondió Charlotte en un tono triste.

–La he alojado en la habitación Bombay. Su hijo Markus está en la habitación contigua. El resto de la familia se aloja con Jack en el hotel.

Alec respiró hondo.

–Lo siento mucho –dijo Charlotte en un susurro.

Él la miró, pero guardó silencio.

–La cena de hoy es en honor de la señora Lillian, para darle la bienvenida a la Provenza –dijo el mayordomo.

Alec permaneció callado durante unos segundos y entonces asintió con la cabeza.

—Gracias, Henri.

—De nada, señor.

—¿Me presentas a tu familia? —le dijo de pronto, tomándola de la mano.

A Charlotte se le agarrotó el estómago. A juzgar por las voces y el jolgorio, casi toda la familia Hudson, por no hablar del equipo de producción, estaba reunida en el salón de Alec. Pero ella estaba cansada y lo último que deseaba era hacerles frente en ese momento.

No obstante, no podía decirle que no. Él había sido muy paciente con ellos y no podía rechazar su petición.

Charlotte asintió con la cabeza, le agarró del brazo y le condujo a través del arco que daba paso al salón de alto puntal.

Entre los presentes en la celebración estaban su abuela Lillian, su tío Markus, su padre, David, su hermano, sus primos, Devlin y Max, y también Isabella, que charlaba animadamente con Ridley Sinclair.

—Alec —lo saludó Jack con entusiasmo, extendiendo la mano—. Me alegro de que estés de vuelta.

—Gracias —respondió Alec, intentando contener la tensión que endurecía su voz.

Jack se dio la vuelta.

—Éste es Alec Montcalm, nuestro anfitrión.

Todos lo saludaron con efusividad, pero se

hicieron a un lado al ver que Lillian Hudson iba hacia él.

–Señor Montcalm –dijo la débil anciana.

Alec dio un paso adelante.

–Señora Hudson –asintió con la cabeza y tomó su mano a modo de saludo–. Es un placer conocerla por fin.

–Soy yo quien le debe dar las gracias por su hospitalidad, en nombre de toda mi familia.

–Por favor, no es necesario –dijo Alec–. Ha sido un placer.

A juzgar por su tono de voz y actitud, ninguno de los presentes habría adivinado los dolores de cabeza que el rodaje le había dado en las últimas semanas.

Charlotte miró a su hermano y entonces se dio cuenta de que él la miraba de arriba abajo, recordándole que su atuendo no era el más apropiado para el evento. Si la puerta del jardín hubiera estado más cerca, habría podido escabullirse sin problemas, pero lo último que deseaba en ese momento era llamar la atención.

–Como saben –dijo Lillian–, esta película es muy importante para mí.

Alec se hizo a un lado y le hizo señas a Charlotte.

–Su nieta me ha transmitido su deseo con mucha elocuencia.

Tanto Lillian como los otros miembros de la familia se volvieron hacia Charlotte.

Y ella no pudo evitar llevarse la mano a la cabeza, consciente de su apariencia desaliñada y polvorienta, después de un largo viaje.

–Hola, Lillian –la saludó.

–Me alegro mucho de verte, cariño –le dijo su abuela.

–Fue Charlotte quien me convenció –afirmó Alec.

Charlotte no tardó en darse cuenta de lo que intentaba hacer Alec, pero también advirtió la creciente incomodidad de Markus. Ése era su proyecto y no parecía acostumbrado a que otros se llevaran todos los elogios.

–Markus Hudson –dijo, dando un paso adelante con gran confianza en sí mismo–. Soy el director general de Hudson Pictures –añadió, estrechándole la mano a Alec.

Charlotte aprovechó para emprender la retirada. Lo único que deseaba en ese momento era escapar hacia la ducha y ése era el momento.

–He oído que estuviste en Londres –le dijo su hermano de repente, parándose a su lado.

Charlotte no tuvo más remedio que seguirle la conversación.

–Y también en Roma y en París.

Jack asintió, mirando a Alec de reojo.

–Raine quería ir de compras. Conoces a Raine, ¿verdad? Fue ella quien me ayudó a convencer a Alec para que os dejara filmar aquí. Debe de estar a punto de llegar –miró hacia el vestíbulo–. Viene con Kiefer, el vicepresidente de Montcalm.

–¿Te encuentras bien? –le preguntó Jack.

–Sí –dijo Charlotte sin más.

Jack miró hacia su padre.

–¿No vas a saludarle?

–No tengo mucha prisa –dijo ella, pensando que lo mejor era evitar el momento.

David observaba a su hermano Markus con los labios fruncidos, visiblemente molesto. Tenía una copa de Martini en sus manos.

Era un secreto a voces que los dos hermanos no se llevaban bien.

Su padre siempre había sido un director egocéntrico y narcisista, y su tío Markus tenía poca paciencia con los divos y divas de la industria del espectáculo.

–Demuéstrale que no tienes miedo –sugirió Jack de pronto.

–No tengo miedo –respondió Charlotte, mintiendo. No era sólo su padre quien la intimidaba, sino toda la familia.

Sabía que si hablaba con David volvería a ser la niña pequeña a la que nadie quería.

–Me alegra oír eso –dijo Jack, bebiendo un sorbo de su bebida–. Porque, definitivamente, no merece la pena –le dijo con desprecio.

Charlotte se limitó a asentir.

–¿Por qué no vas a saludar a Cece? –sugirió Jack, refiriéndose a su esposa.

–Deja que me dé una ducha y enseguida estoy de vuelta. De verdad que necesito recomponerme un poco después del viaje.

–Theo es un gran chico –dijo Jack en un tono suave y tierno, mirando a su recién estrenada esposa una vez más–. Creo que voy a ser un padre estupendo –añadió. Su esposa Cece tenía un hijo, Theo, pero Jack se había enterado de su paternidad muy recientemente–. Y ese hombre... –su voz se volvió afilada de repente–. Ese hombre jamás tendrá nada que ver conmigo. Yo no soy él –dijo con resentimiento.

Charlotte sintió una repentina oleada de empatía por su hermano. Era evidente que él había logrado superar los traumas de la infancia y se alegraba mucho por él.

–Nunca me pareceré a él –insistió Jack.

Charlotte sintió envidia sana por su hermano y deseó ser tan fuerte como él.

Alec tenía razón: estaba enfadada, pero también sentía dolor y soledad. Y así, rodeada por el clan Hudson, la familia que tanto la había despreciado, no podía evitar preguntarse si alguien llegaría a amarla de verdad; si alguien la elegiría por sí misma, por lo que era como persona...

En cuanto tuvo ocasión Alec fue al encuentro de David. Era fácil ver que Markus y el padre de Charlotte no tenían una relación fraternal y amistosa pero, a juzgar por el comentario de Isabella, la visión artística y dramática de David no era fácil de encontrar en Hollywood.

Y ése era el motivo por el que él dirigía la película a pesar de las claras desavenencias entre hermanos.

—Alec Montcalm —le dijo, estrechándole la mano.

David se puso en pie.

—David Hudson.

—Me ha parecido entender que usted es el director de la película.

—¿Eso es todo lo que le ha parecido entender? —preguntó David, mirando a su hermano Markus de reojo.

—¿Le apetece una copa? —preguntó Alec, mirando su copa medio vacía.

David bajó la vista.

—Un Glen Klavit con un cubito de hielo.

Alec llamó a uno de los miembros del servicio y señaló la copa de David.

—Yo tomaré lo mismo —le dijo al camarero.

—Un hombre que entiende de whisky —comentó David.

—El año pasado estuve en el castillo de Klavit. Es muy difícil acceder y hace mucho frío. Pero no hay un sitio mejor en todo el mundo para destilar whisky.

David asintió. El camarero les sirvió las bebidas en una bandeja de plata.

—Charlotte y yo estuvimos en Londres hace poco —comentó Alec para prolongar la conversación.

—He dado un paseo por la casita de la piscina

–dijo David, como si Alec no acabara de mencionar a su hija–. Y me preguntaba si estaría dispuesto a hacer una pequeña reforma.

–Nos quedamos en el Ritz. Fuimos a ver al Royal Ballet.

David entornó los ojos, como si intentara comprender lo que Alec pretendía.

–Ya, estupendo. Hay un problema con la iluminación y necesitamos añadir una ventana en el frente. Cuando giremos el plano a la izquierda perderemos la iluminación natural, y no queremos que la intención de la película sea tan sombría. Se trata de la escena principal, cuando Lillian y Charles se juran amor eterno. He pensado en añadir unas luces posteriores, pero tampoco queremos algo demasiado edulcorado, sino realista.

–Siempre y cuando no usen explosivos, no hay ningún problema –dijo Alec.

David se echó hacia atrás con el ceño fruncido. Era evidente que no había entendido la broma.

–Es una escena de amor.

–Entiendo –dijo Alec.

–Está hacia la mitad del guión. Los conflictos de los personajes se encuentran muy bien definidos y los protagonistas son…

–Claro –le interrumpió Alec, dándole un buen trago al whisky con la esperanza de encontrar fascinantes los comentarios del padre de Charlotte. Sin duda alguna debería haber elegido algo más fuerte para beber–. Pongan la ventana.

–Estupendo –dijo David, asintiendo–. Entonces, hablaré con el personal de vestuario para lo del sombrero de Lillian.

–Desde luego –dijo Alec, sin saber muy bien de qué estaba hablando.

Charlotte no tenía nada en común con su padre, eso estaba claro.

Miró a su alrededor. Jack estaba hablando con su primo Max, pero, mirándolo bien, el hermano de Charlotte tampoco tenía mucho parecido con David Hudson.

–Necesitaremos algunos días más para el rodaje –añadió David–. Cece tiene que revisar algunas partes del guión.

–No hay ningún problema –dijo Alec.

Siempre y cuando Charlotte permaneciera en la casa, el equipo de rodaje podía quedarse todo el tiempo que quisiera.

–Buenos días –dijo Charlotte al entrar en la cocina al día siguiente.

Eran casi las diez y el ruido del rodaje ya se filtraba a través de las gruesas paredes de piedra.

Cece estaba tomando el desayuno en compañía de su hijo, Theo, cuya paternidad había sido desvelada muy recientemente por su madre.

Theo era hijo de su hermano y, por alguna razón, Charlotte no se sentía tan incómoda en su presencia.

Quizá era porque tanto él como su madre eran nuevos en el clan Hudson.

—Buenos días —contestó Cece, sonriendo.

—¿Te importa que desayune aquí contigo? —le preguntó Charlotte, sirviéndose una taza de café.

—Claro que no. David lleva toda la mañana incordiando. Pero no le quedará más remedio que esperar por la nueva versión del guión.

Las páginas de la nueva copia del argumento estaban sobre la mesa, delante de Cece.

—Oh, lo siento —dijo Cece al recordar que estaba hablando del padre de Charlotte.

—No hace falta que te disculpes por criticar al hombre que me abandonó después de hacerle la vida imposible a mi madre —Charlotte tomó asiento frente a Cece—. Vaya. Disculpa mi sinceridad.

—Bueno, seguro que David se lo tiene bien merecido.

—Imagino que Jack y tú habéis hablado de nuestro padre.

—Jack y yo hemos hablado de muchas cosas en los últimos meses.

Charlotte sintió una inesperada punzada de envidia sana.

—Me alegro de que os tengáis el uno al otro. Y siento haberme perdido la boda.

—Avisamos con muy poca antelación.

—Estábamos en China y no podía dejar al embajador —dijo Charlotte.

—Jack me lo dijo —de pronto Cece se volvió hacia su hijo—. No te metas eso en la boca, Theo.

Charlotte miró al pequeño, que mordisqueaba un tren de juguete con gesto sonriente.

–Esa adorable –le dijo a Cece.

–Es igual que su padre.

Al oír las palabras de su cuñada, Charlotte sintió el picor de las lágrimas en los ojos.

–¿Vas a darle un hermanito o una hermanita? –le preguntó, parpadeando rápidamente.

Cece sonrió.

–No sé. Creo que vamos con retraso, pero tenemos pensado recuperar el tiempo perdido.

Charlotte se echó a reír.

Max y su asistente, Dana Fallon, pasaron por la ventana.

–Creo que hoy van a filmar en la parte de atrás. Escenas en el jardín, me parece –dijo Cece.

Max le gritó algo al asistente de dirección, que estaba al otro lado del césped, y el hombre le contestó con gestos.

Dana empezó a decir algo, pero Max no le hizo ningún caso.

–Oh, Dios –dijo Charlotte, suspirando. La mirada de Dana no dejaba lugar a dudas.

–Lo sé –dijo Cece–. Está loca por Max.

–¿Y él lo sabe?

Cece sacudió la cabeza.

–El hombre no se entera de nada que no tenga que ver con el trabajo. Ella es una buena chica.

–A lo mejor alguien debería darle alguna pista. ¿Jack, quizá?

Cece arqueó una ceja.

–Si tú fueras ella, ¿querrías que alguien te echara una mano en eso?

Charlotte no pudo evitar pensar en su relación con Alec. Él era un mujeriego empedernido, un hombre que no tenía ni el más mínimo interés en una relación seria.

Ni hablar... Ella nunca habría querido que alguien lo pusiera al tanto de los sentimientos que albergaba por él. Jamás habría querido que supiera que se estaba enamorando de él.

Ése era un secreto que no podía revelar.

–No –admitió–. Supongo que lo mejor que podría pasarle a Dana es que Max se dé cuenta por sí mismo. ¿Hay algo que podamos hacer para ayudar?

Cece sonrió.

–Buenos días –dijo Raine, entrando en ese momento en la cocina.

–Hola, Raine –respondió Charlotte–. ¿Conoces a Cece? Es la guionista de la película y mi nueva cuñada –las palabras sonaban extrañas en su boca, pero tenía que usarlas de todos modos.

–No, no nos conocíamos –dijo Raine, extendiendo la mano.

–Tienes una casa preciosa –dijo Cece–. La película será más realista aquí.

–Sólo espero que siga en pie cuando hayáis terminado –dijo Raine, sirviéndose una taza de café y escogiendo unas pastas.

–He oído lo de la explosión. Y también he visto los daños. Nosotros nos haremos cargo de todo.

–Lo importante es que nadie resultó herido.

Cece miró las páginas del guión.

–De ahora en adelante no habrá más escenas de batalla.

–Te lo agradecemos –dijo Charlotte.

–Pero no me puedes negar que fue de lo más emocionante –comentó Raine.

–Lo fue –dijo Charlotte, recordando las horas previas a la catástrofe. Ésa había sido la primera vez que había hecho el amor con Alec–. Voy a cambiarme –dijo, intentando ahuyentar esos pensamientos.

Al ponerse en pie sintió un repentino mareo que la hizo tambalearse.

–¿Demasiadas noches en vela? –le preguntó Raine.

Las palabras de Raine despertaron la curiosidad de Cece.

–Demasiadas fiestas en Londres y París –respondió Charlotte, aguantando las ganas de fulminar a Raine con la mirada–. Anoche dormí muy bien.

–Ya no somos tan jóvenes como antes –dijo Cece.

–Eso lo dirás por ti –replicó Raine–. Yo me voy de fiesta como cualquier quinceañera.

–Sí, y por eso las ventas de tu revista no hacen más que bajar –dijo Kiefer de repente, lanzándole una mirada sarcástica al entrar en la cocina.

Algo ocurría entre ellos; algo íntimo e intenso que despertaba los celos de Charlotte.

Pero, ¿por qué iba a sentir celos? Si Raine y Kiefer eran felices juntos no podía sino alegrarse por ellos. Y si Jack y Cece también habían encontrado la felicidad, mucho mejor.

Sin embargo, una emoción inefable le atenazaba las entrañas...

–Tengo que ir a vestirme –dijo a toda prisa y dejó la cocina.

Alec había sido demasiado dulce con ella durante los últimos días, pero eso no le daba derecho a hacerse ilusiones.

Había empezado a ver cosas que en realidad no estaban ahí, y eso sólo podía significar una cosa cuando se trataba de un hombre como Alec.

Un corazón roto.

Capítulo Nueve

Dos días más tarde, Lillian, Markus, Devlin y la novia de este último, Valerie Shelton, volvieron a casa.

Alec esperó a que terminara la jornada de rodaje y, a medianoche, fue a la habitación de Charlotte.

Abrió la puerta con sigilo y se detuvo a mirarla un segundo. La luz de la luna penetraba en la habitación a través de la ventana abierta y se derramaba sobre su suave piel como en un baño de plata. Las mantas estaban a mitad de la cama y así dejaban ver parte del camisón de encaje morado que había comprado en Roma.

Entró en la estancia y se agachó junto a la cama.

—¿Charlotte? —le susurró al oído.

Ella se movió, todavía dormida.

Alec le acarició el cabello.

—¿Charlotte?

Ella gimió.

—¿Han prendido fuego a la casa?

Él sonrió.

—No. Todo sigue en su sitio. ¿Todavía estás dormida?

–Lo estaba –respondió, entreabriendo los ojos.

–Me sentía solo –confesó él.

Después de un momento de silencio, Charlotte sonrió.

–Yo también.

–Gracias a Dios –dijo Alec y se metió en la cama a su lado.

La rodeó con el brazo alrededor de la cintura y la atrajo hacia sí.

–Me encanta verte vestida de seda –se acurrucó contra su esbelto cuello y aspiró el dulce aroma de su piel de terciopelo–. Pero también me gustas sin vestir –metió la mano por dentro del corto camisón y la deslizó hacia su vientre plano.

–¿Estamos durmiendo o haciendo el amor? –preguntó ella al sentir sus labios en el lóbulo de la oreja.

–¿Tienes alguna preferencia? –le preguntó Alec, que sí lo tenía claro.

–Sólo preguntaba.

–¿Y no podemos hacer las dos cosas?

–Últimamente me levanto muy tarde.

–Puedo ser muy rápido. Y después te dejo dormir.

Ella soltó una carcajada que la hizo estremecerse.

–Vaya caballero estás hecho.

Alec movió la mano hacia la curva de sus pechos.

–¿Te viene bien así?

Charlotte se tumbó boca arriba y Alec la contempló un instante bajo la luz de la luna. Era una mujer tan hermosa...

—Me viene mejor lento —dijo ella, metiendo las manos por debajo de la camiseta de él y sacándosela por la cabeza.

—Entonces así será —respondió, inclinándose para besarla.

Ella entreabrió los labios y Alec perdió la cordura de inmediato. Una fría brisa le recorría la espalda mientras su sangre ardía hasta el punto de ebullición. Pero no podía dejar de besarla, de venerar su cuerpo con caricias y besos cada vez más íntimos; no podía dejar de hacerle el amor...

Finalmente cayeron exhaustos sobre la cama, pero él continuó abrazándola con fervor, en el umbral del sueño al despuntar el alba, anhelando cosas que sabía que nunca podrían hacerse realidad.

Charlotte se despertó sola. Era tarde y el set de rodaje era un maremágnum de actividad. Las máquinas estaban en plena ebullición, la gente gritaba de un lado a otro y el grasiento olor a fritura proveniente del camión del catering inundaba su habitación.

De repente sintió náuseas.

Salió corriendo hacia el cuarto de baño y vomitó algo. Una fría capa de sudor le cubría la frente y las extremidades le pesaban demasiado. Definitivamente, tenía que empezar a dormir más.

Descansó un momento con la frente apoyada sobre los gélidos azulejos, se echó agua en la cara y se cepilló los dientes.

Tenía hambre, mucha hambre.

Agarró el albornoz que estaba detrás de la puerta y entonces se detuvo bruscamente.

Tenía demasiada hambre y llevaba cuatro mañanas sintiendo náuseas nada más levantarse. Hizo unos rápidos cálculos mentales y se sentó en el borde de la bañera.

No.

No podía ser.

Habían usado protección y las probabilidades eran más que escasas.

Sin embargo…

Charlotte hizo un gesto de dolor y escondió el rostro bajo las palmas de las manos. Llevaba cinco días de retraso, y acababa de vomitar al oler el beicon.

Tenía que conseguir un test de embarazo.

Positivo.

Charlotte miró las líneas rojas paralelas que acababan de aparecer sobre la banda de plástico.

Estaba embarazada. Iba a tener un hijo de Alec Montcalm; un hijo que él rechazaría y que la desgraciaría para siempre a los ojos de su abuelo, el embajador. Seguro que Alec se enfadaba muchísimo.

¿Y qué pensarían los Hudson? Se darían cuenta de que había mantenido un romance bajo sus mismísimas narices y entonces perdería toda esperanza de ganarse el respeto de su hermano. Y de Lillian. Su abuela pertenecía a otro tiempo, a otra época. Ella apenas la conocía y, sin embargo, ésa sería casi la primera cosa que sabría sobre su nieta. Un escándalo más después de la inesperada y recién estrenada paternidad de Jack.

Charlotte se enjugó las lágrimas.

Estaba embarazada.

Tenía que ser fuerte.

Había…

Se miró el vientre y deslizó la mano con suavidad sobre la superficie, todavía plana. Había un bebé en su interior, un bebé que necesitaría todo el amor, el cariño y la protección del mundo, sin importar las circunstancias de su nacimiento.

Una niña pequeña, como la que ella había sido en una ocasión. O quizá un niño, como Jack, que contaba con ella, que la necesitaba.

Poco a poco Charlotte irguió los hombros y entonces supo lo que tenía que hacer.

Mantendría en secreto el embarazo, por lo menos hasta que terminara el rodaje. Los Hudson no tenían por qué saber lo que había ocurrido allí.

Y después dejaría el trabajo en la embajada y se marcharía muy lejos, a un lugar aislado, donde nadie la conociera, donde nada ni nadie pudiera hacerle daño a su hijo.

Al final tendría que decírselo a Alec.

Alec.

Una bola de miedo le agarrotó el estómago.

¿Cómo iba a ser capaz de volver a dormir con él? No podía hacerlo teniendo que ocultar una verdad tan grande.

Tendría que mirarle a los ojos y…

Charlotte dejó escapar un gemido de angustia.

—¿Charlotte?

Era Raine.

Charlotte agarró la banda de plástico a toda prisa.

—Estoy… Un momento —se puso en pie.

—¿Te encuentras bien?

—Dame…

Era demasiado tarde. La puerta del baño estaba abierta y Raine había cruzado el dormitorio hasta llegar a ella.

—Cece y yo estábamos… —Raine se detuvo en seco.

La esposa de Jack iba detrás de ella.

Charlotte sintió cómo la sangre abandonaba sus mejillas.

El paquete de cartón estaba sobre la mesa del lavabo y la banda de plástico seguía en sus manos.

Raine se la quitó de las manos y, confirmando lo que ya había visto, la estrechó entre sus brazos.

Charlotte se echó a llorar.

—No pasa nada.

—Es un desastre —murmuró Charlotte, sollozando.

Raine la agarró con firmeza de los hombros y le habló con claridad.

—No. No lo es. Los niños nunca son un desastre.

—Pero Alec no quiere complicaciones —dijo Charlotte con la voz entrecortada por el hipo—. Ni siquiera quiere tener una relación. Todo lo que quiere...

—Tú no lo conoces bien —la interrumpió Raine.

Pero ella no lo entendía. Alec era su hermano y ella lo tenía en un pedestal. Él siempre la defendía y ella estaba orgullosa de ser su hermana.

Esos pensamientos hicieron brotar nuevas lágrimas y la vista se le nubló.

—Sé cómo te sientes —dijo Cece, poniéndole una mano en el hombro—. Yo me he sentido exactamente como tú te sientes ahora. Tienes miedo. Te sientes sola y tratas de recomponer tu vida.

Charlotte asintió.

—Bueno, esto es lo que vas a hacer —la acompañó a la cama, la hizo sentar en el borde y la tomó de la mano–. Se lo vas a decir a Alec inmediatamente.

Charlotte se encogió de miedo al pensar en esa conversación.

Raine dio unos pasos hacia ellas.

–Yo no me…

–No tienes elección –continuó Cece–. Tú lo sabes, y él también se merece saberlo.

Charlotte sacudió la cabeza. Era demasiado pronto.

–Él no necesita…

–Cuanto más esperes, peor será. Él querrá saber por qué esperaste tanto tiempo y no tendrás una buena explicación que darle.

–Él no tiene por qué saber cuándo me enteré yo.

–Charlotte –dijo Cece, hablándole con paciencia–. Mírame.

Charlotte obedeció y Raine se sentó al otro lado de ella.

–Yo esperé dos años. Primero esperé una semana. Y después esperé dos más. Y después me fui a Europa, y nadie tenía por qué saberlo. Y después volví con un niño de dos años de edad. Me costó mucho explicárselo a su padre.

–Pero las cosas no serán así –dijo Charlotte, que sí tenía intención de decírselo a Alec.

–No será fácil –afirmó Cece–. A cada día que pase a partir de hoy, las cosas serán más difíciles.

–Podría tener razón –dijo Raine–. En cuanto

salgamos por esa puerta tendremos que mentirle.

Cece asintió.

—¿Podrás mentirle, Charlotte? —le preguntó.

Charlotte se encogió de hombros y sus ojos se aguaron de nuevo.

¿Podía mentirle a Alec? No quería hacerlo, pero tampoco quería decirle la verdad precipitadamente, porque si lo hacía, ése sería el final entre ellos.

Una semana. Un día más... O una sola noche incluso... Se conformaba con poco, pero no quería que todo terminara en ese momento.

Sin embargo, también sabía que no sería capaz de mentirle.

Cece tenía razón.

No podía engañarle.

—Tengo que serte sincero —dijo Kiefer mientras guardaban las bicicletas en el garaje de Alec—. Es peor de lo que pensaba.

Alec bebió un poco de agua y se secó el sudor de la frente.

—¿Ya habéis vuelto a discutir?

Kiefer sacudió la cabeza. Se inclinó hacia atrás y apoyó los codos sobre una mesa de trabajo.

—No es eso —dijo.

—¿Y entonces cuál es el problema?

—Lo de las discusiones...

—¿Qué? —preguntó Alec, mirando el reloj. Tenía una videoconferencia con Japón en menos de una hora y tenía la esperanza de ver a Charlotte antes de irse a trabajar.

—Resulta que todo era un mero juego preliminar.

Alec guardó la botella de agua.

—En serio, Kiefer, demasiada información. Ella es mi hermana.

Kiefer se sacó un objeto metálico del bolsillo y se lo lanzó a Alec, que lo agarró al vuelo hábilmente.

Era una cajita plateada y en su interior había un enorme solitario.

Alec miró a Kiefer con asombro.

—No es que te esté pidiendo permiso o nada parecido, pero quería decírtelo. Le voy a pedir matrimonio a tu hermana.

—No es por el dinero, ¿verdad?

Kiefer frunció el ceño y Alec vio un relámpago de auténtica rabia en sus ojos.

—No puedo creer que hayas dicho eso.

—Es la historia de mi vida —dijo Alec.

—Pero no la de la mía. Y tú lo sabes bien —dijo Kiefer, fulminándolo con la mirada.

—Ya lo sé —admitió Alec, cerrando la cajita y devolviéndosela—. ¿Crees que dirá que sí? —le preguntó, sonriendo.

—Más le vale. O si no, mejor será que se haga monja, porque no voy a dejar que se vaya con otro.

Alec extendió la mano y le dio un apretón de manos efusivo y varonil.

–Entonces, enhorabuena, hermano. Ya hablaremos luego del organigrama de la empresa.

Kiefer levantó las palmas de las manos.

–Eh, no estoy buscando…

–Ya lo sé, pero créeme cuando te digo que ya te tocará compartir lo malo cuando termine la luna de miel.

Kiefer sonrió y Alec le devolvió la sonrisa. No había nadie mejor que él para el negocio y para su hermana.

Una puerta se abrió en el otro extremo del garaje.

Kiefer guardó el anillo.

–Voy a darme una ducha. Hoy tengo una cita importante.

–Buena suerte –dijo Alec–. ¿Vendréis a verme después?

–Por supuesto –dijo Kiefer, alejándose.

–¿Alec?

Era Charlotte.

Alec fue a su encuentro, abriéndose camino entre los coches aparcados. La tomó de la mano y la estrechó entre sus brazos, contento y feliz con las buenas noticias.

Ella se aferró a él durante un eterno minuto, escondiendo el rostro sobre su hombro.

–¿Qué sucede? –le preguntó él, notando la tensión en su cuerpo y en sus ojos, que parecían casi atemorizados–. ¿Es tu padre? ¿Jack?

Ella sacudió la cabeza, dio un paso atrás...

Y entonces él fue hacia ella, pero algo le hizo detenerse. Un horrible sentimiento se cernía sobre sus pensamientos.

–¿Charlotte?

Ella rehuyó su mirada y se volvió hacia las pequeñas ventanas que estaban en lo alto de las puertas del acceso al garaje.

–Yo... –cerró los ojos.

–Me estás asustando –le dijo él con sinceridad.

Ella asintió con la cabeza, tragó en seco y se atrevió a sostenerle la mirada.

–Lo siento mucho, Alec.

–¿Qué? –él dio un paso adelante, pero ella retrocedió aún más–. Suéltalo ya, Charlotte.

–Estoy... –respiró hondo–. Estoy embarazada.

Alec se sintió como si acabaran de darle un golpe mortal en la base del estómago.

–¿De quién? –le preguntó sin siquiera pensar lo que decía.

Ella abrió mucho los ojos.

–¿Cómo que «de quién»?

–¿Quién es el padre?

Charlotte intentó esconder el dolor que contraía la expresión de su rostro.

–¿Cómo puedes siquiera preguntármelo?

–¿Crees que no es asunto mío?

–Idiota. Eres un idiota. ¡Tú eres el padre!

Alec dio un paso atrás, conmocionado.

—¿Cómo…?
—Es obvio, ¿no? —Charlotte cerró los puños.
—Pero si sólo han sido…
—Llevamos tres semanas. Casi tres semanas.
—¿Fue la primera vez? —le preguntó, creyéndolo improbable.
—Eso creo —dijo ella en un tono cortante.
—Pero usamos protección.
—Sí.

Un zumbido ensordecedor no le dejaba pensar con claridad, pero una cosa sí estaba clara: ella no tenía por qué mentirle. Los test de ADN no eran difíciles de llevar a cabo.

Se había quedado embarazada a propósito y él le había dado su inestimable ayuda para llevar a término el plan.

¿Cómo había llegado a pensar que ella era distinta? ¿Cómo había podido creerla sincera?

—¿Qué? —le dijo en un tono corrosivo—. ¿Acaso le hiciste agujeros?

Charlotte se puso pálida, incapaz de creer lo que acababa de oír.

Las mujeres habían intentado engañarle de muchas formas distintas, pero había bajado la guardia con Charlotte.

Un error, un gran error…

—¿Cómo explicas tú todo esto? —le preguntó nuevamente en un tono desafiante.

Charlotte no sabía qué decir y entonces rompió a llorar.

—¿No tienes ninguna explicación? —añadió él,

pensando que sólo eran lágrimas de cocodrilo como las que tantas veces había visto en el pasado.

Lo próximo serían las súplicas y las declaraciones de inocencia, por no hablar de las dramatizaciones dignas de un Oscar.

Sin embargo, lo que más le dolía era el engaño, la traición.

–Fue un accidente –dijo ella, conteniendo los sollozos–. No quería…

–Sí, claro. Un embarazo accidental. El truco más viejo del mundo.

Ella sacudió la cabeza.

–Creo que nos veremos en los tribunales –hizo un leve gesto con la cabeza y se dirigió hacia la puerta.

–Alec… –dijo ella, desde lo más profundo de su alma.

Pero él no miró atrás.

Charlotte se apoyó en el maletero de un coche para no caerse al suelo. Las piernas ya no la sostenían.

Tenía que salir de allí, escapar… Había cientos de personas trabajando en el jardín, pero, de alguna manera, tenía que mantener la cabeza bien alta y llegar a su habitación.

Una vez allí, haría las maletas, llamaría a un taxi, tomaría un avión y desaparecería para siempre.

No estaba dispuesta a enfrentarse a él ni en los tribunales ni en ninguna otra parte.

De pronto oyó un ruido a sus espaldas.

Eran Cece y Raine.

–Oh, Dios –dijo Cece, corriendo a su lado.

–¿Ha ido mal? –le preguntó Raine, abrazándola.

Charlotte asintió, intentando contener las lágrimas.

–Tengo que volver a mi habitación. Cree que me he quedado embarazada a propósito.

Las dos mujeres se quedaron sin aliento.

–¡Maldita sea! Voy a… –gritó Raine.

–¡No! –Charlotte la agarró del brazo con fuerza–. ¡Por favor, no le digas nada! Sólo deja que me vaya. Sólo quiero irme a casa.

Raine la miró a los ojos durante unos momentos y entonces asintió con la cabeza.

–Debes irte a casa. Cuídate bien. Ya tendré tiempo de ajustar cuentas con mi hermano más tarde.

Alec golpeó el escritorio con violencia.

No podía sacarse la imagen de Charlotte de la cabeza. Sus lágrimas, su confusión, su inocencia fingida…

Era evidente que ella tenía la certeza de que el plan funcionaría, pero él no estaba dispuesto a dejar que se saliese con la suya.

No podía casarse con una mujer que le había

tendido una trampa. ¿Cómo se le había pasado por la cabeza siquiera?

De repente la puerta del despacho se abrió de par en par y Alec se dio la vuelta, listo para gritar. Ni siquiera Raine o Kiefer osaban entrar en su despacho sin llamar a la puerta.

Era Jack.

Y antes de que pudiera reaccionar, el hermano de Charlotte le asestó un violento puñetazo que fue directo a su mandíbula.

Miles de cuchillos de dolor se clavaron en el hueso, pero Alec aguantó el golpe. Fuera como fuera, se había acostado con su hermana y la había dejado embarazada.

Se merecía aquel puñetazo.

Jack retrocedió. La mano le temblaba y sus ojos brillaban, llenos de rabia.

—Maldito hijo de perra —le espetó.

—Sí —dijo Alec, fulminándolo con la mirada.

—Nos veremos en los tribunales.

Alec sacudió la cabeza.

—No será necesario. Tu sobrina o sobrino tendrá todo lo que necesite.

Jack soltó una carcajada sarcástica.

—Excepto un padre —dio media vuelta y fue hacia la puerta.

De alguna manera, las palabras del hermano de Charlotte le hicieron más daño que el golpe que acababa de darle. Un dolor intenso lo desgarraba por dentro mucho más que una mandíbula astillada.

—Hazme un favor —le dijo a Jack justo antes de que atravesara el umbral.

Jack se detuvo en seco y, después de un momento, se dio la vuelta, dispuesto a asestarle otro puñetazo.

—Dile que me pegaste por ella.

Jack arrugó el entrecejo.

—¿Por qué?

Alec respiró hondo.

—Porque Charlotte cree que no la quieres. Lleva veintiún años esperando a que te comportes como un hermano mayor.

Capítulo Diez

Charlotte miró el montón de ropa de diseño que estaba sobre la cama y deslizó las puntas de los dedos sobre el vestido de pedrería dorada que llevaba la primera vez que había hecho el amor con Alec. Eran tantos recuerdos, tantas sonrisas, caricias...

Oyó cómo se abría la puerta del dormitorio, pero no se molestó en darse la vuelta. Sería Raine, de vuelta con una enorme maleta.

Pero no tenía importancia. Había decidido dejar allí toda la ropa.

La cama crujió y entonces se dio cuenta de que Jack estaba a su lado.

Rápidamente se secó las lágrimas y fingió una sonrisa.

—Me voy pronto —le dijo a su hermano, señalando la ropa revuelta—. Raine salió a buscar una maleta más...

Jack le puso el brazo sobre los hombros y la atrajo hacia sí.

—Cece me lo ha dicho. Lo siento muchísimo, Charlotte.

Ella sacudió la cabeza.

—No pasa nada —dijo, respirando con dificultad–. Lo sabía... Sabía que nunca... –no pudo terminar la frase.

Se hizo un silencio profundo entre ellos.

–Yo siempre te he querido mucho –dijo Jack con la voz cargada de emociones–. Durante toda mi vida, desde que te apartaron de mí.

Charlotte se quedó inmóvil.

–Eras mi hermana pequeña y pensaba que te traerían de vuelta. Pensaba que él... –Jack trató de contener los sentimientos–. Yo pensaba que él acabaría entrando en razón. Quiero decir que... ¿Cómo podría alguien no quererte?

Charlotte se aferró a su hermano y apretó la mejilla contra su pecho cálido mientras él le acariciaba el cabello.

–Te quiero mucho, Jack.

–Y yo también, hermanita. Siempre estaré ahí cuando me necesites, para lo que sea, cuando sea. Puedes contar conmigo y también con Cece, y con Theo, que será el mejor primo del mundo.

Charlotte asintió y dejó escapar un pequeño suspiro de alivio que calmó el dolor por un instante.

–Le di un puñetazo –dijo Jack.

Charlotte se echó hacia atrás.

–Le di un puñetazo a Alec –añadió su hermano–. No iba a dejar que se saliera con la suya así como así.

–¿Está bien?

Jack frunció el ceño.

–¿Qué? ¿No me vas a dar las gracias?

—Oh, sí. Claro que sí. Gracias, hermanito –dijo ella, en un tono más ligero–. ¿Pero le hiciste daño?

Jack cerró los ojos un momento.

—No lo suficiente.

—¿Qué?

—Estás enamorada de él.

Charlotte se negaba a admitirlo, pero era inútil. Jack podía verlo en sus ojos.

—Claro que estás enamorada. Si no lo estuvieras, nunca te habrías acostado con él.

—Pero sabía que sería algo temporal.

—Sin embargo, te enamoraste de él de todas formas.

Charlotte cerró los ojos.

—Sí –admitió tranquilamente.

—Yo sé cómo es eso –le dijo Jack en un tono lleno de empatía–. Cuando me di cuenta de que estaba enamorado de Cece…

—No es lo mismo.

—¿Estás segura?

—Oh, claro que sí –dijo ella, convencida.

Alec Montcalm no amaba a nadie ni a nada, excepto a su dinero.

—¿Y qué puedo hacer yo? –le preguntó Jack.

—Puedes ser su tío.

Jack le dio otro abrazo y Charlotte por fin pudo sentir lo que había anhelado durante tantos años: el afecto de un hermano, el consuelo de un hombro sobre el que llorar…

—Sólo tienes que llamarme…

Charlotte miró a su alrededor.

–Creo que me voy ya. No necesito esta ropa. Lo que tengo que hacer es irme de aquí y empezar una nueva vida.

–California está muy bien –dijo Jack–. No tienes por qué vivir en el centro de Los Ángeles para estar cerca.

Charlotte logró esbozar una sonrisa auténtica.

–Muchas gracias. Tendré que hablar con el abuelo primero, pero te prometo que me lo pensaré.

Alec arrojó la maleta sobre el asiento del pasajero del Lamborghini y subió al vehículo dando un portazo. Necesitaba irse de allí y Tokio parecía estar lo bastante lejos.

–Tenías razón –dijo Jack, reflejándose en el espejo retrovisor–. Charlotte no sabía que yo la quería –dijo, yendo hacia el lado del conductor–. Pero sólo tenías razón en eso.

Alec no entendía nada, así que esperó a que le diera una explicación.

Jack rodeó el coche, apoyó ambas manos sobre la puerta del conductor y se inclinó hacia Alec.

–Ella habría dado cualquier cosa porque fueras tú y no yo quien lo dijera.

–¿Decir qué?

–Que la querías.

Alec se rió con escepticismo.

—Ambos sabemos lo que buscaba.

Jack arrugó la expresión.

—¿Qué quieres decir con eso?

—Charlotte, igual que todas las otras mujeres con las que he salido, está enamorada de mi dinero. Y para conseguirlo, siempre están dispuestas a aguantarme.

Jack pareció estar a punto de echarse a reír.

—¿De verdad crees eso? ¿De verdad crees que es por el dinero?

Alec guardó silencio.

—Charlotte no necesita tu dinero. Su familia tiene mucho dinero.

—Pero Charlotte no tiene nada que ver con Hudson Pictures.

—No estoy hablando de los Hudson.

Alec no tenía ni idea de lo que estaba hablando Jack.

—El dinero de verdad está del lado de los Cassettes —sacudió la cabeza como si sintiera pena por Alec—. Charlotte es la heredera de la fortuna del embajador Edmond Cassettes y, aunque no lo fuera, tiene un fideicomiso lo bastante grande como para comprar un pequeño país.

Alec sintió un nudo en el estómago.

—Dios mío, Alec. Para ella, tu dinero no es más que una suma de impuestos.

—¿Y entonces por qué…? —dijo, mirando a Jack con ojos confusos.

Jack golpeó el capó del coche con ambas manos.

—Dímelo tú, Alec Montcalm —dijo y echó a andar.

—¡Maldito hijo de perra! —exclamó Alec.

Charlotte llegó al final de la escalera con una pequeña maleta y un billete para Monte Allegro en la mano. La filmación en el recibidor había terminado dos semanas antes y todo había vuelto a la normalidad en la entrada de la casa.

Raine había ido a llamar al chófer de la limusina.

De repente la puerta se abrió de par en par. Alec entró en la casa y miró a ambos lados.

Se oían voces en el salón y dos empleadas del servicio charlaban en el descansillo de la escalera.

—Ven conmigo —le dijo, apretando la mandíbula y agarrándola de la mano con brusquedad antes de tirar de ella.

Sorprendida, Charlotte soltó la maleta y casi tuvo que echar a correr para poder seguirle el ritmo.

Al llegar detrás de las escaleras, Alec abrió una pesada puerta.

—¡Alec! ¿Qué…?

Bajaron por un tramo de escalera de piedra, rodearon una esquina y llegaron a la bodega de vinos.

Él se dio la vuelta y la soltó por fin.

—No lo entiendo.

Charlotte miró a su alrededor. No tenía miedo, pero sí estaba algo confundida.

–Yo tampoco. ¿Qué estás haciendo? ¿Por qué me has traído aquí?

–¿Por qué te quedaste embarazada?

Charlotte se puso erguida. Esa vez estaba decidida a mantener la compostura y a no dejar que él la humillara de nuevo.

–¿Es que eres idiota de remate?

–Deja de insultarme y dime por qué.

–Bueno, ya te lo dije. Parece que te perdiste la clase de Biología de octavo. Nos acostamos y la protección tiene un mínimo riesgo de fallo.

Alec dio unos pasos, caminando alrededor de ella.

–¿Qué quieres de mí? –le preguntó, atravesándola con la mirada.

–Tú has sido quien me ha traído aquí.

–¿Quieres mi dinero?

–Nunca he querido tu dinero. Por si no lo recuerdas, hice todo lo posible para que no lo gastaras.

–Yo pensaba que era parte del plan –dijo, volviendo sobre sus pasos.

–¿El plan?

–El plan que habías urdido para convencerme de que eras diferente, para que bajara la guardia contigo –añadió él, sin dejar de andar de un lado a otro.

–¿Y alguna vez se te ha ocurrido pensar que a lo mejor sí que era diferente?

—Cada segundo de los que pasamos juntos.

—¿Y bien? —le preguntó Charlotte, que no entendía nada.

Él se detuvo de repente.

—No puedes quererme, Charlotte.

Un escalofrío recorrió la espalda de ella.

—No es posible. No tiene sentido —añadió con una expresión sincera en el rostro.

—¿Y por qué no?

—Porque soy egoísta, desconfiado... Tengo un carácter difícil y llevo toda la vida viviendo del legado de mi familia.

Charlotte no podía creer lo que estaba oyendo.

—Te acusé de sabotear los preservativos... Y, al mismo tiempo, lo decía de verdad —dijo, en un tono de desesperación—. Si no es por mi dinero... Sin mi dinero... ¿Qué hay que sea digno de querer? —le preguntó como si aquella pregunta se le hubiera desgarrado del alma.

Charlotte se quedó perpleja.

—Te quiero a ti, Alec. A ti.

Él sacudió la cabeza.

—Y no quiero tu dinero —añadió.

—Lo sé —admitió él.

—Entonces no hay otra explicación posible, ¿no te parece?.

—Podría haber una —dijo él.

Ella dio unos pasos adelante.

—Explícamela.

A menos de un metro de distancia de él, Charlotte se detuvo al ver la tensa expresión de su rostro, congelada por la mortecina luz de la bodega.

—Dame una razón lógica, o si no dime que me quieres —dijo Charlotte.

Él la miró fijamente y una chispa brilló en las profundidades de sus oscuros ojos.

—¿Sólo tengo esas opciones?

—Sí.

—¿No puedo pedirte te que cases conmigo?

Charlotte sintió cómo le quitaban un peso enorme del pecho.

—Sólo si me dices que me quieres primero —le dijo ella, intentando contener las lágrimas.

—Te quiero primero —Alec fue hacia ella—. Te he querido desde que te vi sobre esa pista de baile en Roma.

—Pero yo no te quería entonces —admitió ella, haciéndolo reír.

—Pero ahora sí.

—Y antes también, desde que llegue aquí —Charlotte le dio un golpecito en el hombro—. ¿Por qué no me prestabas atención?

—¡Ay! —Alec se frotó el brazo, fingiendo que le había hecho daño—. Eres tan mala como tu hermano.

Ella le miró a los ojos.

—¿Dónde te golpeó?

Alec le señaló la mandíbula.

Ella se puso de puntillas, le dio un beso en la barbilla y otro en el hombro, donde acababa de golpearle.

–Sí que te prestaba atención –dijo Alec–. Pero lo único que tenía claro era que quería estar contigo, que te quería más que a ninguna otra mujer de mi vida. Sin embargo, tenía miedo de que no fuera real –hizo una pausa–. Y me llevó algo de tiempo admitir la verdad.

–Es real –susurró ella, rodeándole el cuello con los brazos.

Alec puso la mano sobre su vientre.

–Nuestro bebé... –le dijo–. Va a tener unos padres que lo quieren y que lo cuidarán y lo protegerán.

Llena de esperanza y felicidad, Charlotte sonrió. Su hijo tendría los mejores padres, pero también tendría a Jack, a Cece, a Theo, a Raine... ¡Raine!

–Raine fue buscar la limusina. Se preguntará por qué...

–No te preocupes por ella –dijo Alec, poniendo los brazos alrededor de su cintura–. Kiefer va a invitarla a cenar esta noche.

–Qué bien –dijo Charlotte.

–Tiene una cajita con un solitario impresionante.

–¿En serio? –preguntó Charlotte, alegrándose por su amiga.

–Es un buen hombre.

Charlotte asintió con la cabeza

–¿Y qué pasa contigo? –añadió Alec.

–¿Qué pasa conmigo? –repitió ella.

–¿Qué tienes pensado hacer esta noche?

Ella fingió considerarlo un momento.

—Bueno, resulta que tengo una reserva de avión.

—Eso está cancelado —le dijo él, agarrándola con más fuerza aún.

—Entonces, supongo que estoy libre.

—¿Te gustaría cenar conmigo?

Ella sonrió y le dio un beso rápido.

—Me encantaría.

—Tengo una caja fuerte en el dormitorio.

—Bueno, creí haberte dejado claro que el soborno no era necesario conmigo —dijo ella, bromeando.

—Creo que podemos buscar un anillo de compromiso. La caja está llena de joyas y reliquias de la familia. Si no recuerdo mal, mi abuela… ¿Charlotte?

Esa vez ella no pudo contener las lágrimas.

—¿Lo decías en serio?

—¿Lo de casarnos? Por supuesto que sí. Enseguida. Ahora mismo. Siempre y cuando obtengamos la licencia. Tú llevas un hijo mío, Charlotte. Mi heredero. Y no voy a dejarte cambiar de opinión.

—No voy a cambiar de opinión —afirmó con sinceridad.

Estar en sus brazos era justo lo que quería hacer durante el resto de su vida.

***

En un rincón del jardín Montcalm, a la sombra de los cipreses, Charlotte y Alec, acompañados de Kiefer y Raine, hicieron sus votos matrimoniales.

Charlotte llevaba un inmaculado vestido blanco con escote palabra de honor hecho del más fino satén, con adornos de encaje por todo el corpiño y un bonito lazo a un lado de la cadera.

Jack y Cece hicieron de testigos y, aparte de Theo, que se entretenía jugando en la hierba, ellos fueron los únicos invitados a la boda doble.

Alec le puso una milenaria alianza de oro macizo encima del solitario talla princesa que una vez había llevado su abuela y, mientras los proclamaban marido y mujer, la estrechó entre sus brazos y le dio un beso intenso y auténtico.

Y entonces Kiefer besó a Raine y Jack descorchó una botella de champán.

—Espero que a partir de ahora tengamos un descuento en el alquiler de Château Montcalm —dijo, bromeando.

—¿Descuento? —preguntó Alec, levantando las cejas.

—No vas a cobrarles lo mismo a tu familia —dijo Jack, levantando su copa para proponer un brindis.

—Claro —dijo Kiefer.

—Por las novias —propuso Jack, mirando a su hermana con toda la ternura con que la había mirado veinte años antes–. Por las novias más hermosas.

–Por las novias –coreó el resto del grupo.

–No te vamos a cobrar por usar la casa –dijo Alec.

Jack estuvo a punto de atragantarse con el champán.

–Era una broma –le dijo, tosiendo, mientras Cece le daba golpecitos en la espalda.

Charlotte miró a Alec con asombro.

–Pero los daños...

Él se encogió de hombros.

–Nosotros...

De repente se oyó un gran estruendo y los invitados se protegieron instintivamente. Algo emitió un ruido indefinido y entonces se oyeron gritos lejanos.

La comitiva nupcial echó a correr hacia el camino y en ese momento aparecieron Isabella, Ridley y otros tres miembros del equipo de rodaje. Acababan de salir de la casita de la piscina.

Con gran esfuerzo, un cámara bajó de un viejo roble centenario y entonces el árbol crujió una segunda vez, cayendo paulatinamente y precipitándose sobre la casita de la piscina hasta aplastarla por completo.

Agitando los brazos, David gritó algo ininteligible y echó a correr hacia el cámara, pero en ese momento tropezó con un cable y cayó de cabeza en la piscina.

–¡Vaya! –dijo Alec, bebiendo un pequeño

sorbo de champán y agarrando a su esposa de la cintura.

—Eso no se ve todos los días —dijo Kiefer.

—Sí, eso va a salir del sueldo de David —dijo Jack, bebiendo de su copa.

Charlotte puso los brazos alrededor de la cintura de su esposo y levantó la vista hacia él.

—Bienvenido a la familia, cariño.

Alec le respondió con un beso apasionado; un mero anticipo con sabor a champán, un atisbo de la larga noche de placer que tenían por delante.

Se apartó un instante y la miró a los ojos con deseo.

—Y bienvenida a la mía.

En el Deseo titulado
Por fin suyo,
de Emilie Rose,
podrás continuar la serie
DE PELÍCULA

Deseo

Serás mi amante

HEIDI RICE

Una amiga periodista le pidió a Mel que la ayudara... ¡y ahora la iban a pillar con las manos en la masa! Estaba escondida en el baño de una suite y escuchó horrorizada volver a Jack Devlin, que regresaba a su habitación para ducharse.

El millonario resultó ser un hombre moreno, guapo y misterioso, y la pasión que se desató entre ellos fue increíble. Después de aquello, él se las ingenió para que Mel aceptara ser su amante durante dos semanas, durante las que disfrutaría de su vida de lujo y glamour.

Pasión en Londres, París, Nueva York...

¡YA EN TU PUNTO DE VENTA!

Acepte 2 de nuestras mejores novelas de amor GRATIS

¡Y reciba un regalo sorpresa!

Oferta especial de tiempo limitado

Rellene el cupón y envíelo a Harlequin Reader Service®
3010 Walden Ave.
P.O. Box 1867
Buffalo, N.Y. 14240-1867

¡Sí! Por favor, envíenme 2 novelas de amor de Harlequin (1 Bianca® y 1 Deseo®) gratis, más el regalo sorpresa. Luego remítanme 4 novelas nuevas todos los meses, las cuales recibiré mucho antes de que aparezcan en librerías, y factúrenme al bajo precio de $3,24 cada una, más $0,25 por envío e impuesto de ventas, si corresponde*. Este es el precio total, y es un ahorro de casi el 20% sobre el precio de portada. !Una oferta excelente! Entiendo que el hecho de aceptar estos libros y el regalo no me obliga en forma alguna a la compra de libros adicionales. Y también que puedo devolver cualquier envío y cancelar en cualquier momento. Aún si decido no comprar ningún otro libro de Harlequin, los 2 libros gratis y el regalo sorpresa son míos para siempre.

416 LBN DU7N

Nombre y apellido	(Por favor, letra de molde)	
Dirección	Apartamento No.	
Ciudad	Estado	Zona postal

Esta oferta se limita a un pedido por hogar y no está disponible para los subscriptores actuales de Deseo® y Bianca®.
*Los términos y precios quedan sujetos a cambios sin aviso previo.
Impuestos de ventas aplican en N.Y.

SPN-03 ©2003 Harlequin Enterprises Limited

Bianca

Una noche, un bebé, un matrimonio

El millonario italiano Gabriel Danti era famoso por sus proezas en el dormitorio... y Bella Scott fue incapaz de resistirse a la tentación de la noche que le ofrecía...

Cinco años después, Bella vivía sola, labrándose una vida para su pequeño y para ella. ¡Jamás pensó que volvería a ver a Gabriel!

Él había cambiado. Su cuerpo estaba lleno de cicatrices. Pero el deseo que sentía por Bella no había menguado. Y sabiendo que tenía un hijo, la deseaba más que nunca...

Cicatrices del alma

Carole Mortimer

¡YA EN TU PUNTO DE VENTA!

Deseo

Sólo importas tú

EMILIE ROSE

Supuestamente, Lucas había muerto once años atrás en el accidente que había dejado a Nadia en coma el día de su boda. Entonces, ¿quién era aquel hombre que había aparecido en la puerta de su ático, idéntico al que tanto había amado?

¿Y por qué su inmediato entusiasmo al encontrar a Lucas vivo, de repente se convirtió en zozobra al descubrir las razones por las que había desaparecido de su vida?

Había jurado amarla y respetarla, pero su nuevo juramento era de venganza

¡YA EN TU PUNTO DE VENTA!